Dominique Bautz

CONSPIRATION

EZÉCHIEL

ISBN-13 : 978-2956326304
ISBN-10 : 2956326309

« Ceux qui rêvent le jour auront toujours un avantage sur ceux qui rêvent la nuit. »
Edgar Allan Poe.

À Corinne

« Tout homme a droit à 24 heures de liberté par jour. »
René Magritte

Chapitre 1

Paris de nos jours, vers 10 h du matin.

— Assis à la terrasse du café « Fuego Latino », j'attendais patiemment ma compagne en parcourant le journal du jour. Elle avait toujours su se faire désirer, enfin c'était sa réplique et son excuse habituelle. Disons qu'elle était systématiquement en retard à tous ses rendez-vous. J'en arrivais même à penser qu'elle finirait par rater l'heure de son propre enterrement. Heureusement pour moi, l'endroit incitait au farniente. Un fond sonore brésilien contribuait à rendre le lieu chaleureux et entretenait son esprit mythique. Mon petit crème refroidissait tranquillement, je déteste le café chaud. Le soleil de printemps inondait de ses premiers rayons les pavés de la place publique récemment refaite. Les pigeons profitaient eux aussi de cette belle journée pour s'aventurer à proximité des tables en quête de quelques miettes. C'est fou comme ils sont curieux et d'une nature téméraire !

— Venez-en au fait, Anderson ! Vos histoires de volatiles qui roucoulent sur vos places parisiennes, on s'en contrefout.

— Excusez-moi, agent Muller, je vais vous la faire plus courte, mais il est important que vous compreniez le contexte.

— Miller, s'il vous plaît ! C'est nous qui dirigeons l'interrogatoire ici, on reprend tout depuis le début. Nom, prénom, profession... Allez, et épargnez-nous vos salades !

— Je m'appelle Richard Anderson, je suis architecte, je partage ma vie avec mon amour d'enfance Julie, neurologue. J'ai failli passer l'arme à gauche après une intoxication à l'ergotine et depuis, j'ai appris à savourer chaque instant et à relativiser les évènements qui se présentent à moi. Nous vivons maintenant à Paris et avons quitté le sud de la France depuis presque deux ans. Vous avez entendu parler de cette intoxication collective ?

— Oui, ça on le sait, et pour tout vous dire, on s'en fout complètement. Allez droit au but, expliquez-nous plutôt le pourquoi de vos recherches incessantes sur internet et à travers les rayonnages de la bibliothèque de votre quartier. Ne le niez pas, vous avez été dénoncé par la documentaliste.

— Sympa ! Si l'on ne peut plus s'intéresser à l'actualité et aux civilisations !

— Il y a une marge entre être curieux et passer ses journées de l'ouverture à la fermeture dans ce boui-boui pseudo intellectuel de quartier ! Surtout quand les livres consultés n'ont aucun rapport avec votre métier. De plus, toujours selon les dires de la documentaliste, vous repartiez avec des piles de bouquins que vous ne restituiez pas, ce n'est pas louche ça ? ajouta avec conviction Giffard.

— C'est toujours compliqué de raconter une histoire, surtout quand on ne connaît pas la fin. Dans notre cas, cette histoire semble susciter chez vous une passion démesurée. En plus, ça manque de charme. Lisez-vous l'ultime chapitre de votre livre avant le premier ? Plus jeune, alors que j'achetais un bouquin, à peine rendu à la caisse du magasin, mon petit frère me dévoilait la dernière phrase du roman juste acquis et partait dans un grand éclat de rire. Ça avait le don de m'énerver, moi qui tenais cette future évasion littéraire comme un Graal.

— N'abusez pas de notre patience, vous pourriez finir dans une cellule, à l'abri de la lumière pour le restant de vos jours.

— Sous quel chef d'accusation ?

— Terrorisme, ça vous convient ? Votre activité sur le web a été repérée par Google et a été transmise à la CIA pour que nous menions une enquête préliminaire. J'ai été envoyé en France pour collaborer avec le Quai des Orfèvres qui est en charge de votre dossier.

— Comme vous y allez, toujours dans l'excès, vous n'êtes pas Américain pour rien ! Je vais donc en revenir à ce journal et plus précisément à ces annonces qui ont attiré mon attention.

— Nous vous écoutons. Et ne vous foutez pas de notre tête !

— Non, figure, rectifia Giffard.

*

J'avais été invité à monter quatre à quatre les marches d'un interminable escalier de bois qui s'enroulait autour d'un vaste espace central. Sa couleur était identique aux murs noircis de l'entrée principale. La rambarde en chêne brillait sous l'usure des mains qui la caressaient tous les jours.

Menotté dans le dos, je n'avais pas le loisir d'en palper la patine. Soucieux de l'argent du contribuable, le locataire des lieux ne devait pas grever son budget en peinture et décoration. Aucun tableau n'ornait les murs défraîchis, seul un panneau de liège vantait les mérites de la profession. Certaines affiches faisaient la part belle à l'école de police et à l'engagement pour la patrie. D'autres rappelaient les animations proposées par l'amicale de la « maison Poulaga ». Je ne m'imaginais pas que le ministère de l'Intérieur puisse bénéficier d'un comité d'entreprise. À travers ce fatras, quelques notes de service, fraîchement punaisées, tentaient de trouver leur place en se chevauchant. On ouvrit pour moi une porte de bureau et je fus invité avec élan à m'asseoir sur une chaise qui me rappelait celle que j'avais usée avec mes fonds de culotte. Le local dans lequel j'allais être interrogé n'avait pas de fenêtre ni d'horloge au mur. Pas le moindre indice, rien pour me donner une vague idée du temps que j'allais y passer. Un bazar régnait sur les étagères gavées de dossiers empilés. Le mobilier vétuste était constitué d'un vieux bureau de bois de sapin mal entretenu et d'une armoire en métal gris des années 70 dans le même état. Le « 36 » n'avait pas l'air de rouler sur l'or…

Mon auditoire était composé d'un commissaire

de la police antiterrorisme et d'un membre de la CIA spécialement venu me rendre visite. Miller était le parfait stéréotype de l'Américain bedonnant gavé de hot-dogs et de boissons gazeuses. Ses parents avaient dû le concevoir en regardant un dessin animé de Mickey... Ses oreilles largement décollées devaient être un atout de taille dans le milieu du contre-espionnage et les écoutes téléphoniques devaient être son sujet de prédilection. Giffard, plus discret et moins vindicatif, tentait de se mettre en avant pour ne pas passer pour une chiffe molle. Lui avait dû prendre ses galons grâce à son flair. Il faut dire que la largeur de ses narines avait dû l'aider... Le commissaire français avait une tenue vestimentaire soignée. Dans un costume noir un peu étriqué, le dandy à l'allure précieuse, originale et recherchée, choisissait son langage en s'adressant à moi. Ce beau duo n'hésitait pas à déguster sous mon nez des sandwichs et des hamburgers sans m'en offrir, le sens de l'hospitalité ne devant pas s'apprendre à l'école de police, qu'elle soit française ou américaine. Néanmoins, je pouvais en déduire avec plus ou moins de précision à quel moment de la journée nous en étions. Les yeux et les oreilles de mes interlocuteurs étaient braqués sur moi. Si le début de mon histoire était somme toute assez simple, le contexte était, lui, bien plus compliqué à expliquer.

— Comme je vous l'ai déjà dit, je lisais la manchette de mon journal, quand j'ai été intrigué par la corrélation entre un article et une petite annonce.

— Non, ça, vous ne nous l'avez pas mentionné !

— Ne me coupez pas à chaque instant, j'en perds le fil !

— Il continue à se foutre de notre tête, collez-le au mitard et qu'on en finisse, s'esclaffa le galonné de service fraîchement arrivé du pays de l'oncle Sam.

— Laissez-le, Miller, laissez-le. D'abord, on ne dit pas « se foutre de ma tête » mais de « ma gueule », mais l'expression la plus appropriée est « se moquer de moi », intervint Giffard.

— Merci Messieurs, à force de me couper dans mon élan, je ne sais plus où j'en étais.

— Nous sommes au bord de l'incident diplomatique, Anderson, il va falloir y mettre du vôtre, et vite ! Je vous laisse une dernière chance. Après, je signe votre extradition vers les States. Peut-être auront-ils des arguments plus persuasifs sur place qu'ici, à Paris ? Un petit séjour à Guantanamo, ça vous parle ? Ça vous conviendrait comme destination ?

— Le climat cubain est excellent à cette époque de l'année, mais, hélas, mon passeport n'est plus à jour, je ne peux pas quitter le pays.

— Quand je vous dis qu'il se fout de notre tête !

Les sourcils serrés et la mâchoire crispée, Miller ne tenait plus en place. Il me présentait son poing fermé orné de ses deux chevalières en or massif. Le rougissement de son visage et la carotide bondissante sous la peau de son cou trahissaient la colère qu'il tentait de contrôler.

— De notre gueule, Miller. Bon, Anderson, vous parlez ou vous partez. Que choisissez-vous ? insista Giffard.

Il commençait à perdre son sang-froid lui aussi et devait avoir envie de rentrer chez lui retrouver son deux pièces-cuisine. Je l'imaginais enfilant consciencieusement les chaussons et les patins préparés par madame « bigoudis sur la tête ». Après un baiser sur le front en guise de laissez-passer, il devait, tel un rituel, déplier son journal et repousser le chat qui venait frotter sa gratitude sur les bas de son pantalon bleu marine. Giffard faisait partie de ces hommes qui avaient pris soin de leur personne. Une allure encore svelte, tiré à quatre épingles, il devait être très attaché à l'image qu'il renvoyait. Seule sa coiffure donnait l'impression de n'être pas maîtrisée et ses tempes grisonnantes trahissaient son âge avancé.

Toujours est-il que ces cons-là n'avaient pas le sens de l'humour, c'est le moins que je pouvais dire. Je devais reprendre mon sérieux. J'avais joué un peu avec leurs nerfs, mais je risquais de perdre à ce petit jeu, d'autant que j'avais le ventre creux et que Julie devait commencer à s'inquiéter.

— D'accord messieurs, je vais vous expliquer, mais je n'ai rien fait d'illégal, je vous le réaffirme.

— C'est nous qui en jugerons.

— Bon, je vais vous énoncer les faits. Laissez-moi reprendre le déroulement des évènements. Je vous ai parlé de ce rapprochement que j'ai fait entre cette annonce et le sujet de cet article sur la manchette de ce journal. J'ai cru à une coïncidence au départ, mais curieusement, elle a attiré mon attention. Comment était-ce possible sur le même tirage ? Ce ne pouvait être que l'œuvre de quelqu'un. La une était de la plume d'un chroniqueur travaillant en free-lance. Il fait des piges pour un certain nombre de quotidiens. Il envoie son papier 48 heures avant la parution et comme vous le savez, seules les annonces payantes de moins de 24 heures sont insérées dans les pages en question et de façon automatique. Avouez que cela a pu me rendre perplexe. Mais laissons là cette question. L'article faisait référence aux pandémies constatées à travers le monde et à l'inquiétude grandissante des experts des ONG et de l'OMS en matière de santé publique. Les études se succédaient sur les causes et conséquences de ces catastrophes en insistant sur les responsabilités des autorités. L'article avait de quoi faire froid dans le dos. L'annonce, elle, s'y référait subtilement en ayant pour titre « 4PA6 : 8. Pandémie RDV 4/14 ».

— Comment avez-vous fait le lien entre cet article et cette annonce ?

— Et pourquoi y voyez-vous une corrélation, ajouta Miller ?

— Je suis tombé dessus par hasard, je vous l'ai déjà dit. La voiture de Julie, mon amie, est bonne pour la casse. J'étais venu la chercher à l'hôpital et je parcourais les colonnes en quête d'une bonne occasion en attendant qu'elle quitte son poste. J'avais lu attentivement cet article sur la santé et voir le mot « pandémie » dans une annonce m'a interpellé sans que je fasse immédiatement le lien. Le journal plié, j'ai rapidement fait la relation avec le message. De quoi m'intriguer, vous me le concéderez. Quelques semaines plus tard, alors que j'avais complètement oublié cet incident, et toujours à la recherche d'une voiture pour ma compagne, je suis tombé sur une annonce rédigée de la même façon que celle qui m'avait intrigué précédemment. Son titre était « 5PA D 11 : 40-42-43 Moyen-Orient RDV 5/14 ». Je n'avais pas encore feuilleté mon journal. Je l'ai parcouru à la hâte espérant ne rien trouver, ce qui m'aurait confirmé que mon imagination me jouait des tours. Hélas, dans les pages de politique internationale, un article titrait « Vers une montée d'une puissance islamique extrémiste et agressive ». Je vous passe les détails, vous connaissez l'actualité aussi bien que moi. Le soir même me vint l'idée de chercher s'il existait d'autres similitudes. Je décidai de partir dès le lendemain matin à la bibliothèque municipale pour consulter les journaux des semaines passées. Et là, je suis tombé sur une annonce ayant une codification similaire « 3PA M13 : 8 min 24 s : 7 Z14 : 4-5 Tremblement de terre RDV 3/14 ». Un article sur le réchauffement climatique tentait de faire un rapprochement avec les nombreux tremblements de terre enregistrés à travers le monde. Je me suis mis à chercher encore plus loin dans les éditions précédentes, je devais en avoir le cœur net. S'il existait une annonce 4PA et une 3PA, logiquement j'avais des chances d'en trouver deux autres, c'est-à-dire 2PA et de toute évidence, la première devait être 1PA. La réponse ne se fit pas attendre. À un intervalle d'un mois très exactement, j'avais mis la main sur les journaux concernés. « 2PA6 : 5-6 M24-7 Famine RDV 2/14 » et la première « 1PA M24 : 6-7 M24 : 22 Nouvel Ordre mondial RDV 1/14 ». J'avais bien devant mes yeux la preuve d'une suite logique. Les articles correspondaient une fois de plus aux annonces. Les risques de famine dans le monde faisaient l'objet d'une explication assez longue dans laquelle le journaliste évoquait la conséquence de la sécheresse exceptionnelle à travers la Terre et la probable augmentation des embrasements. Puis la menace de crues lorsqu'il se remet à pleuvoir, parce qu'il n'y a plus de végétation pour retenir l'eau dans les régions dévastées par les flammes. Ces catastrophes, pour lui inévitables, de sécheresses, de famines, d'incendies et d'inondations allaient, selon sa conclusion, généralement ensemble. Ces famines à l'échelle mondiale pouvaient déboucher sur des rivalités et une lutte sans merci entre les nations pour la nourriture. Cela contribuait, toujours aux dires de l'auteur, à une augmentation des dangers politiques et militaires, particulièrement pour les États-Unis, la Grande-Bretagne et les peuples dont les pays sont généralement considérés comme les greniers de la planète. L'article sur le nouvel ordre mondial était encore plus apocalyptique. Il faisait état du risque croissant d'affrontements entre les religions. Les guerres, la montée de la violence et de l'anarchie seraient les signes avant-coureurs d'une pagaille globale débouchant sur des conflits mondiaux. Il y avait de quoi avoir des sueurs froides. Ça commençait à faire beaucoup de coïncidences. Je n'ai pas pu m'empêcher de me souvenir de notre intoxication collective et de faire un rapprochement avec le projet Blue Beam.

— Vous n'allez pas croire à ces conneries conspirationnistes ? me demanda le Ricain.

— Revenons-en à ces annonces. De quoi traitaient-elles ? Il devait bien avoir un contenu ou quelques mots ? se renseigna le commissaire français.

— Effectivement, si les titres changeaient, donnant une impression de suite chronologique, le message était toujours le même. Il reprenait les deux premières strophes d'un sonnet de René-François Sully Prudhomme.

— Je ne le connais pas, celui-là ! déclara Miller

— Moi, je me souviens bien de ce poème, je l'ai appris à l'école :

La pudeur n'a pas de clémence,
Nul aveu ne reste impuni,
Et c'est par le premier nenni
Que l'ère des douleurs commence.
De ta bouche où ton cœur s'élance
Que l'aveu reste donc banni !
Le cœur peut offrir l'infini
Dans la profondeur du silence.

— Euh, la suite, je ne m'en souviens plus.

— Ce n'est déjà pas mal, commissaire ! Le titre de ce poème est « Le silence ». J'en arrivais à croire que l'auteur des annonces voulait mettre en garde quelqu'un.

— Ou bien monnayer son secret ! ajouta Giffard, perplexe.

Miller scrutait sur son téléphone les résultats de son ami Google. Mais l'ingratitude du réseau français ne lui permettait pas de vérifier l'exactitude de notre culture.

— Revenons sur ce journaliste, qui était-il ? demanda Miller. Car moi, ce que j'entends, c'est que vous avez commencé à enquêter sur lui. Vous savez déjà qu'il travaille en free-lance et qu'il envoie ses articles 48 heures avant le tirage du journal. Permettez-moi d'être un peu surpris pour quelqu'un qui nous parle de hasard !

— Je l'ai rencontré, il répondait au nom de John Collins et signait ses papiers JC.

— Bon sang ! Ces initiales me font penser à quelqu'un, ça ne vous dit rien, Miller ?

— Et où l'avez-vous vu pour la première fois et quelles explications vous a-t-il données ? enchaîna Miller, sans répondre à Giffard.

— Dans un parking noir et sombre en sous-sol d'une galerie marchande.

— Toutes les aires de stationnement sont lugubres ! Vous n'avez pas trouvé autre chose ? Vous regardez trop de séries TV.

— La plupart du temps, c'est vous qui les produisez.

— Arrêtez vos conneries Anderson, je repose la question de l'agent spécial Miller. Quelles raisons vous a-t-il données pour les papiers qu'il rédigeait ?

— Pour les articles, il les justifie par une démarche tantôt environnementale, tantôt politique. Bref, il m'a tout simplement dit qu'il faisait son métier. Par contre, pour les annonces, il ne semblait même pas au courant de leurs parutions. Il tentait de faire bonne impression, me jurant qu'il était sincère. Pour lui, il s'agissait de coïncidences ou d'un plaisantin faisant partie du milieu journalistique. Personnellement, je ne croyais pas du tout à cette version. Il avait l'air très mal à l'aise et plutôt pressé de finir l'entretien.

— Alors ? insista Miller.

— Alors, j'ai laissé tomber dans un premier temps, pensant que je me montais la tête tout seul.

— Et votre femme, quel était son point de vue ?

— Ma compagne ? Je ne lui en ai jamais touché un mot. J'ai mené mes recherches à son insu.

— Puisque vous parlez d'un premier temps, vous sous-entendez qu'il y a eu d'autres évènements ?

— Oui, les messages ont continué. Espacés d'un mois, ils étaient toujours en relation avec un article de la une du journal. J'avais du mal à avaler que Collins n'était pas dans le coup. Les recherches que j'ai pu faire sur cet individu n'ont pas abouti. J'ai approché certaines personnes de son entourage qui m'ont vite tourné le dos dès que j'abordais la vie du type en question, mais a priori plus à cause de ses mœurs que de ses engagements politiques. Il avait l'air clean, hormis son penchant pour l'alcool et les jolies filles. Il me restait la piste des annonces. Il fallait que j'en comprenne la signification. Je suis donc retourné à la bibliothèque, mais mes recherches sont toujours au point mort.

— Bien, dit Miller.

— Vous ne travaillez jamais, vous ? demanda Giffard.

— Je suis architecte et comme vous le savez, la conjoncture n'est pas au beau fixe actuellement. J'ai du temps, parfois trop. J'ai eu la chance de profiter d'opportunités immobilières qui me laissent des revenus mensuels confortables.

— Les opérations rentables font les rentiers, ça se confirme, plaisanta Giffard.

Miller lança un regard à son homologue français lui signifiant qu'il n'allait pas s'y mettre lui aussi. Le moment n'était pas propice à la détente.

— Où en êtes-vous maintenant ? S'il y a eu cinq annonces et si mes calculs sont bons, vous devriez en avoir constaté d'autres depuis. Ce qui devrait nous faire, voyons voir, dit-il en scrutant le calendrier mural, huit au total, c'est ça ?

— Vous dites vrai, la huitième a été publiée il y a trois jours maintenant, mais vous m'avez mis au placard et je n'ai pas pu continuer mes recherches.

— Je pense qu'il s'agit d'une plaisanterie. Si des investigations se révèlent nécessaires, ce dont je doute, nous ouvrirons une enquête.

— Et vous allez me faire croire que la CIA dont vous êtes un honorable membre, à n'en pas douter, vous a demandé de venir ici, en France, uniquement pour vérifier s'il y avait lieu d'ouvrir une enquête ?

— Pour le moment, vous avez certainement autre chose à faire que de fouiner dans les affaires des autres. Occupez-vous donc de votre métier et ne vous exposez pas à des situations qui pourraient vous mettre en danger, vous et votre entourage. Par pitié, laissez le projet Blue Beam aux fanatiques conspirationnistes. Me suis-je bien fait comprendre ? insista Miller.

Cet Amerloque était on ne peut plus clair. J'étais épuisé par ces deux jours de garde à vue. J'avais dormi dans une cellule avec un poivrot qui ne cessait pas de se gratter les cheveux. Ses flatulences ne le gênaient pas le moins du monde. Mes repas s'étaient résumés à un sandwich sous cellophane, pur prototype copié de la SNCF. J'aspirais uniquement à rentrer chez moi et j'allais déjà devoir expliquer à Julie la raison de mon absence, ce qui n'allait pas être une mince affaire. Mon portable confisqué, elle devait se faire un sang d'encre.

« Sans la liberté de blâmer, il n'est point d'éloge flatteur. »
Pierre Augustin Caron de Beaumarchais
Le Mariage de Figaro, 1778

Chapitre 2

Paris, deux jours plus tard, 14 h

Je fus accueilli par ma bien-aimée avec un bouquet de jurons et de reproches emballé dans un joli papier mouchoir détrempé des larmes qu'elle avait versées. Elle m'avait attendu pendant des heures devant le café situé en face de son travail. Tous les scénarii lui étaient passés par la tête, panne de voiture, accident, rupture, adultère, etc. Elle avait appelé tous les hôpitaux et commissariats, en vain. Une fois sa colère et son angoisse dissipées, je pus la rassurer et lui expliquer mes mésaventures. L'arrivée en trombe de quatre véhicules de police encerclant la terrasse du café où nous nous étions donné rendez-vous, mon arrestation, et surtout mon incompréhension. J'eus droit à une nouvelle gerbe de fleurs, au cas où les premières seraient déjà fanées ! Bon, je l'avais certainement mérité et j'adoptai un profil bas. Julie se leva et s'enferma dans notre chambre à coucher en claquant fortement la porte. Elle l'ouvrit aussitôt pour faire rentrer le chien et la referma encore plus bruyamment. Ce soir, j'allais dormir sur le canapé que je m'étais promis de changer tant son état laissait à désirer. Pour couronner le tout, la télé était en panne. J'étais malgré tout heureux de retrouver le confort des deux pièces de notre petit appartement parisien. La vue sur cour, étouffante hier, semblait subitement m'apporter une bouffée d'oxygène. J'allais pour l'instant savourer cet environnement que Julie avait décoré avec beaucoup de goût.

Le lendemain, madame n'était pas calmée. Elle partit travailler en me piquant les clefs de ma voiture. Selon ses dires, la sienne refusait régulièrement de démarrer et elle ne voulait pas risquer d'être en retard à l'hôpital. Elle quitta l'appartement sans même un petit mot pour moi. Je lui emboîtai le pas pour lui souhaiter une bonne journée, mais les portes de l'ascenseur se refermèrent avant même que je puisse la rejoindre.

*

Je m'étais amouraché d'un type charmant. Nous nous étions connus à la faculté. Lui, inscrit en architecture, et moi en première année de médecine. Deux univers très différents, le premier centré sur le confort matériel, le mien sur le bien-être spirituel.

Nos premiers échanges avaient été assez divergents, même si rapidement nous avions compris que nous étions complémentaires. Nous acceptâmes l'idée que l'un pouvait suppléer aux absences de l'autre. Ses yeux bleus, presque transparents, lui donnaient un charme en accord avec ses cheveux grisonnants. Ceux-ci lui allouaient une touche de sagesse prématurée, élément rassurant qui instinctivement me rapprochait de son univers. Il s'exprimait avec délicatesse mais conviction. Durant nos années de campus, nous nous étions croisés lors de fêtes estudiantines, rencontrés chez des amis communs, retrouvés pour dîner. Nos promenades dans les parcs jouxtant la fac auraient dû nous éloigner, elles se terminaient la plupart du temps par des querelles d'opinions. La vie en avait décidé autrement et nos positions opposées furent sans effet. Richard avait rapidement compris que ma machine à laver avait une fonction que la sienne ne possédait pas. Elle avait la particularité de se remplir toute seule et, de plus, de ranger et repasser les vêtements directement dans la petite penderie de mon studio. Sa tendresse compensait ses faiblesses et, nul n'étant parfait, j'acceptais ses lacunes comme il devait se contenter de mes pâtes au thon du jeudi soir. Mon ami devint très vite mon amour. Mes états d'âme n'avaient plus de secrets pour lui. Mes doutes, de « Au secours, tu vois bien que je vais mal » à « Je ne suis pas à la hauteur », se dispersaient dans ses bras réconfortants. Il était toujours là, rassurant, calme, et partageait à son tour ses propres hésitations pour me montrer que tous les obstacles étaient surmontables. Mais, aujourd'hui, je comprenais qu'il était resté dépressif et fragilisé depuis nos dernières vacances dans le sud de la France. Cet interrogatoire et leurs conséquences sur sa santé mentale m'avaient touchée profondément. Il avait su me cacher ses recherches, mais ce que je craignais plus encore était ce mal-être latent. C'est vrai que ses projets architecturaux écologiques et avant-gardistes avaient du mal à séduire les investisseurs. Pourtant, c'était un professionnel passionné et brillant. Notre vie de couple était cependant parfaite et c'était la première fois que nous avions une dispute de cette ampleur. Sur le moment, j'avais été désarçonnée et ébranlée. J'avais transformé mes larmes en colère. Et passée la première émotion, je m'étais emportée. J'allais vivre une sale journée comme à chaque altercation que nous avions. Il était trop tard maintenant, l'ascenseur venait de refermer ses portes, et de nombreux rendez-vous m'attendaient à l'hôpital. Je me promettais de ne pas en reparler ce soir afin de ne pas envenimer la situation.

Sarah Peterson était absente ce matin. Il fallait que j'assume en plus une partie de ses patients si je voulais assurer un service optimum à mon étage. La santé de son père déclinait. Elle m'avait prévenue au dernier moment, ne me laissant pas le temps nécessaire pour m'organiser. Nous avions été bien contents de le trouver pour nous accueillir lors de notre convalescence. Je me devais de lui rendre ce petit service.

*

Seul à ruminer sur mon sofa, j'essayais de décomposer les évènements de ces derniers jours. D'une façon très cartésienne, j'avais deux solutions. Soit consulter un psychanalyste et travailler sur cette manie de fourrer mon nez dans la première emmerde venue, soit continuer avec méthode et discrétion ma petite enquête. Il me fallut de longues secondes pour choisir la dernière. Me connecter sur le réseau depuis mon appartement n'était pas envisageable. Je devais être sur écoute, tant sur mon téléphone fixe que sur mon portable. Quant à mon adresse IP, je n'avais aucun doute sur le fait qu'elle était, elle aussi, sous surveillance. Google veillait. J'enfilai à la hâte un jean et un pull et d'un pas décidé, je partis chez Chang, propriétaire d'une épicerie-bar à l'angle de notre rue. J'avais besoin de m'équiper d'un téléphone prépayé et de tenter quelques recherches sur la toile. Il faisait office, sans être déclaré, de cybercafé et était peu regardant sur l'utilisation que ses clients pouvaient faire du temps passé sur le Net tant qu'ils consommaient au comptoir et remplissaient leur panier. J'allais peut-être réussir à trouver une réponse à mes interrogations. En quittant mon immeuble, je remarquai qu'une voiture noire était garée en bas de chez moi. À son volant, un homme lisait son journal. Je crus d'abord à une surveillance policière, mais en m'approchant du véhicule, je fus surpris de constater qu'il s'agissait d'un prêtre. Déconcerté, je lui demandai l'heure qu'il m'indiqua avec courtoisie et un accent à bouffer des pizzas ! Il me fit un signe de la tête et se replongea dans sa lecture. L'endroit était curieusement choisi pour prendre connaissance des actualités, surtout quand on est au service de Dieu. Je repris mon chemin avec un peu de méfiance tout de même. La rue était peu animée, quelques voitures circulaient, mais l'heure de pointe était largement passée. La boutique de chez Chang était à deux pas d'ici. Alors que je m'apprêtais à entrer dans son échoppe, je ne pus m'empêcher de vérifier une dernière fois si mon curé lisait toujours son journal dans sa voiture, mais elle avait déjà disparu.

*

L'épicerie de Chang était à la hauteur de son sourire. Capharnaüm savamment organisé, on y trouvait de tout, surtout de l'amitié et du réconfort à n'importe quelle heure du jour ou de la nuit. L'homme avait tout de l'image que l'on pouvait se faire d'un Asiatique. Petit bonhomme d'un mètre cinquante à peine, il avait toujours un sourire vissé sur le visage, une tresse qui lui descendait jusqu'au milieu du dos et, dans son habit traditionnel noir, il cultivait avec soin son image, fier de ses racines. Néanmoins, il savait déceler, juste en vous regardant, de quoi vous aviez besoin. Il avait un cœur gros comme ça, prêt à vous faire crédit à la seule condition que vous vous engagiez tout de même à le rembourser à la fin du mois... Aux mauvais payeurs, il racontait pour les impressionner qu'il appartenait à une triade chinoise et que son commerce était une couverture. Il était incroyable ! Quelques copies de vases Ming trônaient sur les étals pour le cas où un touriste s'y serait laissé prendre. Chang partait dans un fou rire incontrôlable dès que j'abordais ce sujet. Je savais que je pouvais me confier à lui, aussi lui expliquai-je mes ennuis avec la police et mes craintes concernant ma sécurité. Il accepta sans restriction de me laisser utiliser sa connexion internet pour continuer à faire mes recherches, mais me proposa de m'installer dans l'arrière-boutique à l'abri des regards indiscrets. L'endroit était frais afin de conserver les légumes et diverses denrées, la lumière fournie par une simple ampoule qui pendait au bout d'un fil jauni. Quelques cageots firent un tabouret plus que confortable, d'autant que Chang entra avec une bière chinoise à la main et un sourire aux lèvres. Mon quartier général avait trouvé son siège social !

*

Dès que Miss sourire partait prendre son poste à l'hôpital, je confiais le chien de Julie au fils du voisin qui, pour quelques euros, le sortait au parc, une rallonge substantielle lui permettant en plus de garder notre petit secret. Pendant ce temps, afin de brouiller les pistes, je prenais le métro et après quelques changements, je revenais presque à mon point de départ, c'est-à-dire au coin de la rue pour me faufiler par la porte de service de la boutique chinoise. Mon emploi du temps se résumait à vider des tasses de café et des verres de bière tout en cherchant une signification aux intitulés des annonces parues dans les pages de mon journal. Le succès n'était pas vraiment au rendez-vous, mais ma persévérance était sans faille. Le quotidien en publiait une nouvelle, presque une provocation alors que je n'avais pas percé le mystère des précédentes.

Je n'avais pas vu l'heure s'écouler, or il fallait que je passe récupérer le chien et que je sois de retour à l'appartement avant l'arrivée de Julie pour éviter de donner des explications interminables. Quand ma bien-aimée pénétra dans notre nid douillet, elle découvrit, à sa grande satisfaction, que je lui avais préparé un repas agrémenté de quelques bougies et décorations de table qui normalement font craquer les femmes romantiques. Elle eut un petit sourire et m'embrassa tendrement. Le beau temps revenait s'installer sur notre couple, ce qui n'était pas pour me déplaire. Les ressorts du canapé n'allaient plus me labourer le dos.

— Alors mon Horatio Caine, il en est où dans ses recherches ?
— Pourquoi me parles-tu de ça ?
— Parce que je vois que tu as un nouveau portable dont tu m'avais caché l'existence. Là, sur la table, c'est bien à toi, non ? Et puis, je suis une femme et mon intuition me trompe rarement. Cet air insouciant, presque enjoué, que tu prends quand tu me parles, ne me dupe plus. Comment aurais-tu subitement retrouvé le caractère de l'étudiant que j'ai fréquenté ? Tu dois oublier que nous nous connaissons depuis la fac, mon pauvre amour !

Merde, j'avais négligé de le ranger, celui-là.

J'étais décontenancé, pris en défaut. Tel un gamin la main dans la boîte de bonbons, je me sentais coupable avant même d'être jugé. Cependant, l'enthousiasme de Julie était intact. Il fallait, sans grande conviction, que je rattrape le coup.

*

— Tiens, ta copine Sarah Peterson a cherché à te joindre en fin de matinée.

— Ah bon ? Que voulait-elle ? Effectivement, elle n'était pas à l'hôpital aujourd'hui.

— Son père Andrew est décédé. Elle désirait te l'annoncer, elle doit s'organiser, surtout à propos de son chien. J'ai toujours ce sentiment d'avoir vécu tant d'aventures avec ce clebs que j'aimerais l'accueillir chez nous au moins le temps qu'elle se retourne.

— Dans notre appartement ?

— Pourquoi pas, il n'est pas embarrassant.

— Un Berger des Pyrénées, pas encombrant ?

— C'est ta copine de promo quand même, et puis nous n'avons pas de gamins pour l'instant, juste ce demi-chien, ce succédané de toutou à sa mémère avec un nœud sur la tête.

— Merci pour la mémère ! Sache que Chic-hippie n'est pas un chien comme les autres ! Et puis il ne remplace pas un enfant, tu as de ces comparaisons parfois mon pauvre amour ! Il s'appelle comment déjà, ce chien ?

— Sébastien.

— Ça va sûrement faire plaisir à notre voisin de palier. Chaque fois que sa femme va l'appeler, le clébard va aboyer. Mais dis-moi, Anderson, tu n'es pas en train d'essayer de changer de sujet pour me faire croire que tu as abandonné tes investigations ?

— Bien heu... je vais t'expliquer.

— Pas la peine, tu n'es donc pas passé à autre chose ? La prochaine porte que les forces de l'ordre enfoncent, c'est celle de notre appartement !

— Tout de suite ! Ne t'inquiète pas comme ça, je suis prudent.

— Et ton vrai métier ? Tu en fais quoi ?

— J'en ai marre de dessiner des maisons, clapiers et autres buildings que personne ne veut m'acheter. Je te rappelle que c'est la crise. Et je passe mon temps comme je peux. J'en ai marre.

— Oui, ça tu l'as déjà dit en début de phrase. Tu déprimes, mon cher amour, crois-moi.

Les gens normaux font des mots croisés, par exemple. Si tous les chômeurs se transformaient en détectives privés, ça se saurait et nous n'aurions plus besoin des forces de l'ordre. Tu me fais peur Richard, tu m'inquiètes avec tes obsessions, d'autant que dans ce cas précis, tu joues avec le feu. Et à t'entendre, ce n'est quand même pas rien de se retrouver interrogé par la CIA et la brigade antiterroriste, et je n'ai pas envie d'y être soumise. En quoi ça te regarde, cette histoire ?

— Au début, c'était juste un questionnement, tu comprends ? Des articles de fond et des annonces plutôt bizarres se succédaient dans le journal local. Avoue que, toi aussi, les faits auraient pour le moins piqué ta curiosité. Qui écrivait ces articles ? Qui ou quelle organisation était derrière ces mises en garde ? Cela ne t'aurait pas intriguée, toi ? Toi qui ne supportes pas la moindre anicroche dans tout ce que tu planifies, le simple déplacement d'un objet sur un meuble ? Je me suis laissé prendre au jeu, c'est tout. Et après tout, si mes recherches débouchent sur une magouille ou un scandale, j'aurai rempli mon devoir de citoyen.

— Te voilà lanceur d'alerte ! Waouh, la situation est bien pire que ce que je pouvais imaginer. Tu frôles la paranoïa, mon pauvre amour. Le monde n'est pas aussi noir que tu le perçois. Laisse la théorie du complot pour les internautes pubères. Hello, Richard, c'est l'heure de l'atterrissage, bienvenue sur la planète !

— Fais pas chier Julie, ne me prends pas pour un gamin. Je sais que j'ai mis la main sur une affaire qui dérange beaucoup de monde. Crois-tu que ces putains de flics seraient venus me cueillir uniquement pour me manger des sandwichs sous le nez ? L'énigme semble bien plus compliquée que l'on voudrait bien me le faire entendre. Il y en a marre de ces politiques et de leurs intrigues ! Merde Julie, elle est où la jeune fille révolutionnaire qui démontait les pavés des rues pour construire les fondations de sa liberté ? Laisse-moi faire, fais-moi confiance au nom des barricades que nous avons édifiées ensemble. Je suis toujours dans le même combat, moi, je n'ai pas baissé les bras.

— Moi non plus. Tous les jours je soigne des gamins qui crèvent sous le joug des dealers. Ton engagement serait-il plus justifié que le mien ?

— Non bien sûr, ton métier est noble. Ne tombons pas dans la surenchère, ma petite chérie.

Julie marqua un temps de réflexion avant de se remettre à parler. La couleur de ses joues reprenait une teinte normale.

— Bon, si tu me faisais goûter à ce délicieux repas que tu m'as préparé ?

Le four tentait désespérément de me faire des signaux de fumée. Mon plat avait cuit plus que prévu, mais j'appelai de tous mes vœux que ma tambouille puisse encore être mangeable. Je n'avais plus très faim, mais Juju fit néanmoins l'effort de se mettre à table. Elle goûta du bout des lèvres ce merveilleux lapin mort pour rien. Ce soir-là, le chien fut heureux de reprendre possession du canapé, le ventre plein.

*

Le lendemain matin, d'un pas décidé et l'esprit plus léger malgré la pluie battante, je me dirigeai vers la boutique de Chang sans même vérifier si j'étais épié ou suivi. Après un ou deux expressos, je repris mes recherches là où je les avais laissées.

C'est-à-dire presque au début.

L'ampoule qui pendait au bout du fil électrique éclairait mon espace de travail. Elle diffusait un faisceau lumineux jaune sur la table de l'arrière-boutique juste suffisant pour lire. Les journaux étaient devant mes yeux avec leurs annonces insolentes « 6PA 17 : 12-14 D 11 : 37-38-39 Ez 7 : 2-9 Suprématie européenne RDV 6/14 ». Celle-ci n'était pas codifiée comme les précédentes. Pour la première fois, deux lettres se suivaient dans l'intitulé de l'annonce, peut-être par négligence de leur auteur. Je faisais un piètre détective, même avec un indice supplémentaire. Je surlignai le titre sur mon journal avant de décider de remettre mes investigations au lendemain.

*

Une lumière aveuglante suivie d'une déflagration inouïe secoua le magasin jusqu'à l'arrière-boutique. Je me retrouvai sur le vieux carrelage, prisonnier des débris de cloisons de briques et du mobilier détruit. Les vitres n'avaient pas résisté à la pression de l'explosion. Un épais nuage de poussière étouffant envahissait la pièce où j'avais pensé trouver refuge. Chang gisait près de moi, tel un mime fardé d'un masque blanc, peut-être inconscient, peut-être mort. Je ne savais même pas ce qu'il faisait là. Sans doute, la violence de l'explosion avait-elle dû, lui aussi, le projeter hors de sa boutique. Je suffoquais, je ne pouvais pas bouger, engourdi, assourdi, tout mon corps n'étant que douleur. Un faisceau de lumière balaya la pièce et passa à côté de nous sans prêter attention à nos râles. Pourquoi ces gens ne nous portaient-ils pas secours ? Les sirènes de police retentirent dans les rues alentour et se rapprochèrent de la boutique chinoise. Je distinguais à présent des silhouettes de pompiers casqués munies de torches électriques qui fouillaient les décombres de la pièce. Des voix agitées, mais rassurantes venaient à notre rencontre. Évacué sur une civière, je décelai, à travers les vitres du véhicule, les gyrophares multicolores qui transformaient la rue en boîte de nuit. Le disc-jockey n'était autre que Giffard, emmitouflé dans son imperméable à la « Columbo ». Il me jeta un coup d'œil au passage qui me laissa présager que nous n'allions pas tarder à reprendre notre petite conversation…

*

— Il reprend conscience, Agent Miller, vous allez pouvoir l'interroger puisque vous y tenez tant. Vous avez 10 minutes, pas une de plus, ajouta l'urgentiste.

— Comme on se retrouve, Monsieur Anderson ! Vous venez d'échapper à un attentat, vous avez la peau dure. Décidément, le destin vous poursuit.

— Je pense plutôt que c'est vous qui me poursuivez, agent Müller.

— Miller, s'il vous plaît. Müller, ça sonne germanique et je suis citoyen américain. Souvenez-vous-en !

— Et votre chef Giffard, il ne vous tient pas la main aujourd'hui ?

J'avais visé dans le mille. Miller était rouge de colère, mais il faisait son possible pour masquer mon attaque.

— Eugène m'accompagne dans l'enquête que je mène sur votre territoire. En aucun cas, je n'ai à lui rendre des comptes. Comprenez-le bien.

— Vous devez gravement vous emmerder avec lui, car là où il y a Eugène, il n'y a pas de plaisir !

— Votre humour ne prend pas sur moi. Que faisiez-vous dans ce boui-boui ?

— Mes courses, répondis-je.

— Ne vous foutez pas de ma tête ! Vous, les Français, vous bouffez des grenouilles, pas des nems.

— Les nems sont originaires du Vietnam, pas de Chine, commissaire Müller.

— Miller, bon sang, et je ne suis pas commissaire, mais agent spécial, attardé du béret !

Nos éclats de voix avaient dû se percevoir depuis l'extérieur de l'ambulance du SAMU car l'urgentiste monta dans le fourgon et mit un terme à l'interrogatoire improvisé en invitant Miller à descendre du véhicule sans ménagement. Je n'étais pas au mieux de ma forme, mais le plus dur était à venir.

Miss Julie avait été prévenue de mon arrivée triomphale. J'allais avoir droit à un coup de trompette et je connaissais déjà la partition. Le gyrophare de l'ambulance qui évacuait Chang nous suivait de près. Il éclairait de façon discontinue la figure du médecin-pompier, lui dessinant par intermittence un visage blafard à la Frankenstein et un teint bleuté à la Grand Schtroumpf.

Julie avait attendu mon arrivée dehors, sous une pluie battante. Le convoi à peine arrêté, elle s'était précipitée à l'intérieur de celui qui me transportait, arrachant des mains de l'urgentiste le rapport qu'il s'apprêtait à lui remettre.

— Alors ? demanda-t-elle impatiente.
— Trauma sérieux, quelques contusions dont une à l'entrejambe, celle qui partage son lit va être tranquille pour un petit moment... En un mot, un chanceux, ce type.
— C'est moi sa femme, connard ! Emmenez-le en unité 2 box 8, je le prends en charge. Donnez-moi votre fichu rapport que je le signe. Je n'ai pas de temps à perdre avec votre paperasse.

Julie semblait inquiète, mais sûre d'elle. Pour ma part, à demi inconscient et allongé sur ma civière, je comptais les rectangles blancs de l'éclairage qui défilaient rapidement au plafond dans cet interminable couloir de couleur saumon. Sa main rassurante m'accompagnait et l'inquiétude que mon état suscitait avait éteint son envie de sermon. La connaissant, ce n'était que partie remise.

« La liberté de l'homme consiste à ne
jamais faire ce qu'il ne veut pas. »
Jean-Jacques Rousseau
Les rêveries du promeneur solitaire (1777)

Chapitre 3

Paris le même jour, hôpital Pitié-Salpêtrière.

Les premiers jours furent consacrés à me refaire une beauté. Les suivants à retrouver mes esprits et l'ouïe que j'avais perdue à cause de la déflagration à laquelle j'avais été exposé. Popol avait du mal à se réveiller le matin. Julie ne m'en parlait pas, je ne savais pas si c'était bon signe. J'étais allongé avec pour seule compagnie des moniteurs affichant en noir et vert des tracés sur mon état de santé. Ils n'étaient pas d'un grand soutien moral, mais au moins, eux, émettaient-ils quelques sons dans l'anonymat de cet hôpital. Certes, leurs conversations ne présentaient pas d'intérêt à mes yeux, mais le personnel se préoccupait davantage de leur bon fonctionnement que du mien. Les plus humains d'entre eux daignaient esquisser un rictus avant de quitter le box. Je n'imaginais pas que sourire sur son lieu de travail puisse demander autant d'efforts….

La tranquillité que ma convalescence pouvait me faire espérer fut de courte durée. L'inspecteur Giffard et l'agent Miller se présentèrent au pied de mon lit dès le cinquième jour qui suivit l'attentat. Au jeu des questions–réponses, je fus gagnant. Ils repartirent avec moins d'explications qu'espéré. Je n'allais normalement pas pouvoir m'y soustraire bien longtemps, mais au moins ma surdité momentanée m'avait-elle sauvé la mise. Entre deux consultations, mon amour venait me faire un bisou réconfortant dès que son emploi du temps le lui permettait. Elle entrouvrait la porte pour vérifier le repos du soldat Anderson, tandis que, sagement, je simulais la somnolence. Contrairement à ce que j'aurais pu imaginer, elle ne me fit aucun reproche sur la conséquence de mes investigations voire de mon entêtement.

*

— Anderson, ne faites pas semblant de dormir !

Miller, fidèle à lui-même, tentait de m'intimider. Moi, malgré le choc subi, je me faisais un point d'honneur de lui tenir tête.

— Ne me dites pas que vous faisiez vos courses en simple citoyen dans ce bouiboui de Niac ?

— L'échoppe de Chang est une boutique chinoise, Herr Müller. Les Niacs, comme vous les appelez, sont issus de l'apocope de « niakoué ». Le terme provient du vietnamien « nhà quê » qui signifie paysan. Avez-vous une aversion pour la population agricole ?

— Miller, pas Müller, mais maintenant je pense que vous le faites exprès, et vos bouseux jaunis, je vous laisse imaginer où je me les mets !

— Un milliard trois cents millions de Chinois, vous risquez d'avoir du mal à vous asseoir. Votre anus serait-il proportionnellement dimensionné à votre ego ? Je ne me sens plus très bien, subitement. Pourriez-vous me donner la sonnette pour que j'appelle une infirmière ?

— À d'autres, Monsieur Anderson, à d'autres. Vous avez vite retrouvé votre verve. Vous allez pouvoir nous préciser votre emploi du temps de ces dernières heures. Vous allez me dire ce que vous faisiez dans l'arrière-boutique de ce Chinois. Les documents que nous avons collectés dans les débris de ce capharnaüm feront d'excellentes pièces à conviction quand nous vous présenterons au parquet.

— Vous faites une fixation sur mon emploi du temps et mes intentions. Vous auriez dû faire commercial pour une marque de colle. Vous auriez eu un réel succès.

— Ironisez tant que vous voulez, je me dois de rester poli envers vous, mais l'envie ne me manque pas de vous coller mon poing dans la figure. Puisque nous sommes seuls, Je vais vous dire ce que je pense de vous. Vous ressemblez, comme tous vos congères, à un candidat disposé à fourrer son nez dans les affaires des grands, à polémiquer, à vous plaindre et j'allais oublier, à faire grève ! C'est un trait de caractère que l'on retrouve dans tous vos compatriotes. Votre panoplie de Sherlock Holmes n'est pas à votre taille. Êtes-vous prêt à jouer votre liberté dans cette histoire ? Vous avez une jolie femme, ne pensez-vous pas que dans votre quête de « je ne sais quoi », vous risquez de mettre votre bonheur en péril ? Êtes-vous prêt à la voir tout simplement vous délaisser et de partir se rassurer dans les bras d'un homme plus stable, d'autant qu'à lire votre fiche médicale vous semblez avoir un peu de retard à l'allumage…

— Connard de Mickey, vous avez fait le tour de vos mises en garde ? Vos intimidations sont sans effet sur nous. Vous ne nous connaissez pas. Plus je vous écoute, plus vous m'incitez à poursuivre mes recherches. Avez-vous tant de secrets à cacher ici sur le territoire français ?

— Non, nous ne dissimulons rien, nous ne craignons rien. Nous déplorons seulement que vous perdiez votre temps pour des futilités ou des coïncidences qui n'ont aucun intérêt.

— C'est touchant Müller, pardon Miller.

— Vous voyez, subitement vous devenez raisonnable. Vous allez réussir à collaborer avec nos services. Nous avons certainement les mêmes intérêts.

— Je n'en suis pas aussi convaincu que vous. Je vous ai déjà tout dit dans l'ambulance. Je faisais mes courses, je suis favorable aux commerces équitables et de proximité. Chang me connaît depuis longtemps et je suis passé dans la réserve pour aller chercher un pack de lait qu'il n'avait plus en rayon.

— Ben voyons ! Bon, je reviendrai avec des collègues qui auront peut-être plus d'arguments que moi, mon cher Anderson.

— Cher ? Je ne suis pas persuadé que je sois dans vos moyens, Miller. Ne perdez plus votre temps. Retournez donc chez vous et saluez l'oncle Sam de ma part.

Miller rectifia le nœud de sa cravate noire et tourna les talons. La porte de ma chambre claqua au moment même où j'appuyais sur le bouton d'appel du service médical. La menace ne pouvait pas être mieux formulée. Je ne craignais pas pour ma vie, mais davantage pour celle de ma Julie qui n'était pas prête à subir les évènements que je lui préparais. Nous ne pouvions plus rester ici à Paris sans compromettre notre sécurité. Mon état de santé ne me permettait pas de quitter mon lit blanc tout de suite, néanmoins il ne m'interdisait pas d'échafauder un plan B dès ma sortie. Julie entra dans ma piaule avec un air soucieux quelques minutes après le départ de Miller.

— Il te voulait quoi, ce cow-boy ? Les filles m'ont dit avoir entendu des éclats de voix venant de ta chambre.

— Ne t'inquiète pas, ma chérie, il se croit au-dessus des lois françaises. Avec ses allures de « Man in black » qui aurait abusé de la fréquentation du Mac Do du coin, il pense que nous, petits Français, allons avoir peur des menaces de GI Joe.

— Dans quel pétrin t'es-tu fourré encore, Anderson ? Tu me saoules avec tes intrigues. Tu passes trop de temps sur internet et tu finis par croire à tes théories du complot. Tu as vraiment changé depuis cette intoxication. Tu prends les choses sérieuses à la légère et les futilités deviennent obsédantes pour toi. Tu m'inquiètes.

— Et si nous projetions de faire un voyage en amoureux ? L'Italie, ça te dit ? Le Vatican, les catacombes, la fontaine de Trevi… Tu sais, elle vient juste d'être restaurée. Nous pourrions partir rapidement si tu le souhaites.

— Tu éludes une nouvelle fois cette conversation et je te rappelle que j'ai un boulot et des patients qui ont besoin de moi. Des vacances, oui pourquoi pas, mais un minimum de planification me semble nécessaire.

— Parles-en à ton chef de service, mais moi je me verrais bien passer ma semaine de convalescence chez les spaghettis.

— Arrête avec tes images à la con, je vais finir par croire que tu es raciste.

— Ils mangent plus de pâtes que de pizzas, ce n'est quand même pas de ma faute !

— Pff, t'es trop con, Anderson.

Julie claqua la porte et me laissa seul dans ma chambre. Décidément, il fallait qu'elle soit solide, celle-ci. La luminosité déclinait mais les jours commençaient à rallonger timidement. Le petit écran accroché au mur diffusait un jeu de télé-réalité dans une île paradisiaque où les actrices et les acteurs faisaient mine de ne pas se connaître. Leurs visages m'étaient pourtant familiers. Ils étaient au générique d'une retransmission sur TV-Bouillie. Ce monde superficiel m'insupportait au plus haut point. Heureusement, le sommeil ou la dose de morphine que Julie venait de mettre dans ma perfusion m'emporta.

*

— Monsieur Anderson, je ne vous réveille pas ?

— Qui êtes-vous ?

— Vous ne me reconnaissez pas ? Je suis John Collins, le journaliste que vous avez suivi et épié avant de m'aborder il y a quelques semaines.

— Que me voulez-vous ?

— J'ai appris pour l'attentat, et votre nom a été cité dans la presse. J'ai fait la relation avec notre rencontre, et depuis je suis aussi intrigué que vous au sujet de ces évènements. Que savez-vous exactement ?

— C'est Miller qui vous envoie ?

— Miller, c'est qui celui-là ? Non, je vous l'assure, juste une envie d'être informé, c'est mon métier.

Il griffonna quelque chose sur son calepin.

— Alors, je n'ai rien à vous dire monsieur Collins, passez votre chemin. Je suis simplement une victime parmi tant d'autres d'un attentat terroriste. Allez faire votre papier en interrogeant le patient de la chambre d'à côté. Il a perdu son magasin, pour ainsi dire sa vie. Pschitt, partie en fumée !! Laissez-le vous raconter son histoire, et vous verrez qu'il rira jaune. Il vous posera peut-être plus de questions que vous ne lui apporterez de réponses. L'échange risque d'être passionnant, essayez, vous allez voir !

— Croyez-vous en Dieu, Monsieur Anderson ?

— Pardon ?

— Pensez-vous pouvoir prétendre à la résurrection ?

— La seule chose que j'aimerais voir ressusciter est située à un endroit que je ne désire pas vous montrer !

— Comme il vous plaira, Richard, je dois partir, mais nous nous retrouverons.

— Comment connaissez-vous mon prénom ? Je ne vous l'ai jamais indiqué et il n'a pas été cité dans vos feuilles de chou.

Le journaliste était déjà loin, m'abandonnant à mes inquiétudes. Pour une fois, la porte n'avait pas claqué. L'homme s'était éclipsé aussi discrètement qu'il était entré dans ma chambre. Julie arriva à son tour. Son visage détendu me laissait penser que son chef de service avait accepté qu'elle pose une semaine de congé.

— Comment te sens-tu, mon amour ?

— Assez facilement, vu que je n'ai pas eu le droit de prendre une bonne douche depuis mon arrivée, et aussi mal que quelqu'un qui a échappé de peu à un attentat.

— C'est bien, tu as retrouvé ton moral habituel. Qui était ce type que je viens de croiser dans le couloir ?

— Un journaliste, ne t'inquiète pas.

— Le fait de me le demander aurait tendance à produire l'effet contraire. Enfin, je ne m'affole pas, tu m'as appris à supporter le pire. Tu penses être une victime lambda ou bien la cible de cet attentat ?

— Tu crois vraiment que je suis responsable de tout ce carnage ?

— Je ne sais pas Richard, mais beaucoup de gens s'intéressent à toi et à tes recherches. Mais j'ai l'habitude, de toute façon tu me diras bien ce que tu voudras. J'ai deux nouvelles, par laquelle je commence ?

— Présenté comme ça, il doit y en avoir une meilleure que l'autre !

— En effet, je choisis d'attaquer par la mauvaise. Tes nouveaux copains ont fichu un bazar incroyable dans tous les étages de l'hôpital. Tout le personnel a été interrogé, même les cuisiniers, mais ils sont repartis couverts de nouilles et d'œufs. Ils semblent chercher à connaître l'identité de tous les gens qui t'ont rendu visite. Ils ont aussi questionné le service de nuit pour savoir si tu avais été bavard pendant ton sommeil.

— Et en conclusion, on mange quoi aujourd'hui ?

— Je n'en sais rien, certainement la même chose qu'hier. Tu as l'air de prendre ça à la légère, mais tout le monde est au courant maintenant que tu es mon compagnon. Ils t'ont préservé, afin de me protéger.

— J'ai tant parlé que ça, pendant mes roupillons ?

— Tu n'imagines pas comme tu peux être bavard ! Parfois plus que dans la journée.

— C'est malin ! Et la bonne nouvelle alors ?

— Je peux prendre une semaine de congé, mais pas avant quinze jours. J'ai échangé mes gardes avec une collègue.

— Qui ?

— Sarah Peterson, comme d'habitude.

— Je m'en doutais. Tu traînes toujours avec cette fille à la cuisse légère. Tu m'inquiètes, ne dit-on pas qui se ressemble s'assemble ?

— Merci de ta confiance !

— Dans cette famille, il n'y a que le chien qui soit fidèle. Tu lui as promis quoi en échange ?

— Rien, je lui ai déjà sauvé la mise à plusieurs reprises alors qu'elle jouait à cache-cache avec son mec et son amant.

— Tu vois ce que je te disais... Enfin, félicitations, ma chère, j'espère que tu en es fière.

— Oui, plus ou moins, elle était victime de violences conjugales, je n'ai pas eu d'états d'âme.

— Sarah ? Mince, j'ai peine à le croire ! Je n'oserais pas lui marcher sur le pied même par inadvertance. Et si ça m'arrivait, je me confondrais aussitôt en excuses. Elle est plus costaude que moi. Bon, admettons ! Le principal, c'est d'avoir trouvé quelqu'un pour te remplacer.

— Bon, concernant ce voyage, ton état s'améliore mais pas au point d'espérer prendre un billet de train ou d'avion.

— Eh bien, nous partirons en voiture.

— T'es toujours aussi stupide, mon pauvre amour. C'est encore plus risqué. Pour l'instant, nous ne pouvons pas présager de ton état de santé dans deux semaines.

— Je serai sur pied et capable de courir plus vite que toi dans les musées italiens.

— Tu fais vraiment une fixation sur l'Italie, toi.

— C'est romantique, l'Italie.

— Venise est romantique, mais ce n'est pas là que tu souhaites m'emmener. Rome est magnifique à ce que l'on dit, mais reste une ville dangereuse, où la circulation est impossible pour qui n'est pas né romain.

— Nous commencerons par la capitale et, je te le promets, nous finirons par une balade en gondole à travers les canaux vénitiens.

— Je dois retourner au bureau de garde. En attendant de rêver à notre escapade, prépare-moi la vraie raison du choix de cette destination pour ce soir sans faute !

— Bien Madame ! Tu pourrais rester avec moi. Qui a besoin d'un neurologue à cette heure ?

— Tous les traumas de la route et nous sommes samedi soir, donc je risque d'avoir du boulot. Tu confondras toujours la psychanalyse et ma spécialité, c'est pas croyable après tant d'années passées ensemble. Allez, dors bien !

*

Je sortis de l'hôpital deux semaines plus tard, mon bras gauche en écharpe, mais bien content de pouvoir enfin voir la couleur du ciel. Moi qui n'étais pas matheux, j'avais subi plus d'opérations que durant tous les cours de calculs de ma primaire, avec Madame « Bec-pincé ». Chang était encore convalescent et devait patienter le temps que son état s'améliore. Julie m'accompagna et porta mon sac à dos avec mes effets personnels. Dans la salle d'attente, vêtu d'un costume noir, un homme lisait son journal, mais semblait surveiller les allées et venues des visiteurs. Sur le coup, je n'y prêtai pas attention, mais les grands titres de son canard étaient rédigés en italien, ce qui était pour le moins surprenant dans le hall d'accueil d'un hôpital parisien. Son regard insistant m'interpella et me rappela le visage du prêtre que j'avais vu garé en bas de chez moi. Les zygomatiques en panne, Julie marchait d'un pas rapide, décidée à me raccompagner à notre domicile sans passer par le kiosque à journaux. Une fois installée dans la voiture, elle se dérida un peu.

— Tu t'en sors bien, Ric, tu as eu énormément de chance.
— Et Chang ? demandai-je.
— J'ai entendu dire qu'il avait perdu l'ouïe.
— Et ils ne l'ont pas retrouvé ?
— Qui ça ?
— Ben, Louis ?
— Je ne sais pas comment tu arrives à faire de l'humour, moi je ne trouve pas ça drôle du tout. Tu es peut-être responsable de ses malheurs, un peu de compassion serait plus appropriée. Que comptes-tu faire à présent ? Je présume que tu vas être une nouvelle fois interrogé par la police. Vous devenez inséparables, maintenant ?
— Tous mes documents et recherches ont été détruits dans l'incendie qui a suivi l'explosion.

— Fin de l'histoire, c'est peut-être mieux ainsi. La flicaille ne pourra pas enquêter sur tes occupations.

— Oui, c'est vrai, mais d'un autre côté, je dois tout recommencer.

— Mais tu plaisantes, là ?

— Te rends-tu compte de ce qui se passe ?

— Oui, c'est bien ça qui m'inquiète, tu as mis dans le mille. Tu as découvert je ne sais quoi, mais qui a priori dérange beaucoup de monde. Je te connais trop pour savoir que tu ne vas pas lâcher comme ça, mais je te rappelle que notre domicile est très certainement surveillé. Je ne parle pas d'une présence policière en bas de l'immeuble, mais d'une surveillance plus sournoise comme nos téléphones, nos connexions sur internet, par exemple. Nous n'aurons plus de vie privée, voire d'intimité. Y as-tu réfléchi ?

— J'y ai déjà pensé. On fait quoi, alors ?

— Ah ! Tu vois, toi aussi tu as envisagé que nous pouvions être espionnés ! Sans le vouloir, tu m'as impliquée dans ton délire d'inspecteur « fourre mon nez partout ». Je vais t'aider, comme je peux, à reconstituer ces documents. Les recherches sur internet, je les ferai depuis l'hôpital. Ni vu ni connu.

En plus, je connais bien l'informaticien, il effacera les traces de mes accès sur la toile.

— Ça, je ne le sais que trop, et je préférais que tu ne t'approches pas trop près de ton amoureux transi.

— Ne sois pas bête, il est juste gentil, et en plus tu n'es pas en situation de négocier quoi que ce soit.

— Ne me le ramène pas ici en tout cas, ton « Moby Geek », je ne suis pas certain de me contrôler. Il pourrait repartir avec une partie de ses bouquets de fleurs à un endroit qui pourrait le gêner pour s'asseoir.

— Ne sois pas méchant, il n'est pas responsable de son physique. Quant aux tulipes, elles ont eu le temps de faner depuis, il n'en reste plus rien.

— Si, j'ai gardé les épingles qui retenaient les cartes de visite. Je me sens capable de le transformer en poupée vaudou.

— Tu n'es vraiment pas bien mon cher amour, ça remonte à cinq ans maintenant... Mais cette pointe de jalousie me flatte. Je t'aime, Richard.

— Ouais idem, Jolie-Julie. Désolé pour tous ces tracas que je t'impose.

— Bon alors, officier Ric, je commence par quoi ?

— Par te faire discrète. Je sais, c'est beaucoup te demander, mais tu dois continuer ta vie professionnelle comme si de rien n'était. Ensuite, achète sur internet les journaux de tous les premiers jours du mois et même les numéros anciens. Ce qui m'intéresse, ce sont les tirages qui comportent les petites annonces.

— Qu'avais-tu trouvé sur ces numéros ?

— Je te l'ai déjà expliqué. Un article et une annonce en corrélation. Sur la dernière édition, quand j'étais chez Chang, j'ai remarqué que l'auteur avait fait une entorse à sa façon de rédiger. Il a été plus précis, peut-être par excès de confiance ou par urgence d'être compris. Ezéchiel, pour qui a eu un tant soit peu d'éducation chrétienne, renvoie aussitôt à l'Ancien Testament et principalement à l'Apocalypse. Il y a matière à creuser cette piste. Ça n'explique pas les messages, mais c'est peut-être une porte d'entrée pour les décoder.

— Excuse-moi partenaire, mais la religion et moi, ça fait deux, et même plus... C'est qui, ton Ezéchiel ?

— Ezéchiel est l'un des prophètes qui a vécu au sixième siècle avant Jésus-Christ. Il est l'un des grands devins de l'Ancien

Testament. Les plus prolifiques en ce qui concerne les écrits sont Isaïe et Jérémie. Ensuite, Daniel et lui.

— Ah oui, tu as déjà bien planché sur la question.

— Non, c'est juste que j'ai fréquenté une école de Jésuites qui pardonnaient plus facilement les erreurs de tables de multiplication que celles sur les fondements du christianisme.

— Je crois me souvenir, c'était l'époque où je dessinais des ambulances dans la marge de mon cahier et j'inventais des sirops que je faisais boire à mes petits amis en leur disant que c'était des philtres d'amour.

— Tu aurais dû choisir la sorcellerie avec tes potions. Au fait, elles n'ont pas bien fonctionné…

— En es-tu certain ? Je te rappelle que nous nous sommes connus au collège… Que veux-tu, j'ai mal tourné, j'ai préféré faire médecine. Sûrement parce que j'étais meilleure en maths que toi, si je me souviens bien.

— Ça ne compte pas, nous n'étions pas dans le même établissement. Mais pour l'instant, il me reste à déchiffrer ces messages pour en comprendre la signification.

— Je vais te retrouver tous ces journaux et nous allons passer de folles veillées à tenter de percer ton énigme. C'est excitant, je me vois bien répondre à mes collègues, « Hier, mon compagnon et moi on a vécu une soirée torride, — Ah bon, cachottière ! — Oui, on a lu le journal et toutes les petites annonces ! » Je devine la tête de mes copines au boulot. Elles vont m'offrir un coffret « week-end psychanalyse » dans mon propre service pour deux personnes !

— Fiche-toi de moi, tu as raison, mais rien ne t'oblige à partager notre intimité avec ton entourage.

— Allez Anderson, montre-moi qu'il te reste encore un peu d'humour. Tu vois, je ne suis plus exigeante avec le temps, je ne te demande même pas de rire, juste l'esquisse d'un sourire... À défaut, un rictus pourrait me donner l'espoir qu'un rayon d'humour subsiste coincé dans cette sacrée cervelle.

— J'ai au moins quelqu'un qui croit en moi ! Allez, si l'on se faisait un bon petit dîner ? Parce que les cuistots de ton hôpital ne sont pas prêts de remporter la première place de « MasterChef » !

« Le rêve est incontestablement le premier
des chemins qui conduit à la liberté.
Rêver, c'est déjà être libre. »
Fleurs d'insomnie — Frankétienne

Chapitre 4

Paris, ma douce convalescence.

Une bonne promenade au grand air ne pouvait que me faire du bien malgré le temps menaçant. J'avais payé d'un bras l'audace de mes investigations, mais j'espérais bien récupérer son usage assez rapidement. L'avancement de mon enquête reposait uniquement sur la bonne volonté de Julie. Je ne doutais pas de sa perspicacité et de son caractère obstiné pour mener à bien « nos » recherches.

Les rues étaient animées comme à l'accoutumée dans le 16ème arrondissement. Mais pas une voiture ne me semblait suspecte. Pas un passant que je croisais ne soutenait mon regard. Cependant, je n'étais pas serein, me retournant régulièrement avec le sentiment d'être toujours épié. Chaque véhicule roulant plus lentement que les autres me donnait l'impression d'être la cible d'un dingue prêt à se faire sauter avec son entourage. À chaque accélération, je sursautais. Je ne pouvais pas dire que cette balade m'apportait la détente escomptée. Je subissais encore le traumatisme de l'attentat auquel j'avais échappé. Julie m'avait prévenu qu'il me faudrait un certain temps pour accepter. La sueur de la peur perlait sur mon front, froide, glaciale. Elle coulait le long de ma colonne vertébrale, pourtant je ressentais une fièvre intense. Mes jambes n'avaient plus la force de supporter mon propre poids, elles se dérobèrent et je n'eus d'autre choix que de m'asseoir sur le trottoir, au grand dam de la population guindée qui déambulait devant moi. Blotti dans mon imperméable gris, j'étais prêt à me faire de nouveaux copains quand mon téléphone portable sonna dans ma poche intérieure.

— Richard ? Je suis rentrée de bonne heure. J'ai tout ce que tu voulais, les copies des journaux, et en plus je me suis permis de faire quelques recherches à la bibliothèque. Les résultats pourraient te surprendre. Où es-tu ?
— J'ai besoin de me reposer, un coup de fatigue passager, j'ai la tête qui tourne. N'en dis pas plus Julie, partons du principe que nous ne devons plus utiliser nos

portables pour échanger quoi que ce soit sur cette histoire.

Je fus obligé de reprendre mes esprits et de faire un effort de concentration pour prononcer ces derniers mots.

— Tu deviens vraiment paranoïaque.

— Juste prudent. Je vais rentrer, laisse-moi juste un peu de temps.

— Je viens te retrouver, reste où tu es. D'ailleurs, où es-tu actuellement ?

— Au beau milieu des ordures ménagères avec des types qui reluquent mes chaussures comme s'ils voulaient me les piquer.

— Mais que fais-tu au milieu des poubelles ?

— Je cherche l'équilibre.

— Ils vont certainement te les prendre, que crois-tu ? Ne les provoque pas. Donne-moi ta position.

— Assis.

— Putain, ce n'est pas le moment de faire de l'humour. Je ne plaisante pas. Qu'est-ce que tu as fumé ?

— Rien pourtant, je suis près du Jardin des Plantes.

— Traverse le parc et attends-moi devant l'entrée de Muséum d'Histoire naturelle, ne t'attarde pas en route, j'arrive.

*

Ça faisait bien une heure que je poireautais devant la porte d'accès au musée. Julie devait certainement se trouver dans les bouchons du vendredi soir. J'attendais patiemment ma princesse et son carrosse, mais le périphérique parisien ne devait pas lui permettre de circuler sereinement. À n'en pas douter, elle allait être énervée d'avoir fait tout ce chemin pour venir me chercher. Il valait mieux pour mon matricule que je trouve un fleuriste dans les meilleurs délais. Je fis une centaine de mètres pour repérer une boutique dont l'étal regorgeait de plantes. La patronne, mains sur les hanches, trônait devant son magasin comme si elle exposait avec fierté ses trophées. D'un geste de la main, elle me vanta aussitôt les floraisons bleues et rose fuchsia qui jonchaient le sol.

— Incroyable, ça fait dix minutes que je tourne en rond pour te retrouver et toi, qu'est-ce que tu fabriques avec ce pot de chrysanthèmes à la main ?

— Des quoi ? Je pensais que quelques fleurs te redonneraient le sourire après ces embouteillages…

— Mais enfin Richard, ce sont des chrysanthèmes, censés exprimer une profonde et sincère tristesse. C'est typique des cimetières, on n'est pas à la Toussaint que je sache ! C'est tout ce que tu as trouvé à m'offrir pour la saint Valentin ?

— Désolé, je pensais que des fleurs te feraient plaisir… Et en plus, je ne me suis peut-être pas trompé sur la variété. Dans leur langage, les chrysanthèmes permettent de déclarer sa flamme à l'être aimé. Heu... pour faire sa demande de fiançailles, par exemple…

— Tu voulais me faire une promesse de mariage, Richard ? Tu es vraiment fleur bleue, mon pauvre amour, mais tellement touchant !

— Laisse tomber, ce n'est pas mon jour.

— Allez, ne boude pas, monte !

Je n'allais pas refuser cette portière ouverte et je m'installai avec mon pot de fleurs à l'arrière de la voiture, au grand bonheur de Seb, le chien adoptif de la maison.

*

J'avais petit à petit retrouvé l'usage de mon bras.

Quelques contusions me faisaient encore souffrir, mais pour le reste, seules quelques traces d'hématomes subsistaient. J'avais eu pendant ces quatre semaines de convalescence tout le loisir d'étudier les textes des articles de journaux que Julie m'avait dénichés. Sur les conseils de Moby Geek, j'avais débranché le câble réseau qui reliait mon ordinateur de bureau à mon accès internet. Ma moitié avait fait du bon boulot, à moi de faire l'autre.

*

Les nombreuses documentations et revues que Julie s'était procurées complétaient l'Ancien Testament de ma bibliothèque. Je sentais la solution se dessiner sous mes yeux. Les pièces du puzzle commençaient à s'emboîter.

— Ces annonces sont peut-être des énigmes inventées par des boutonneux pubères en mal de sensations. As-tu pensé que des gamins pouvaient être en plein jeu de rôles ?

— Figure-toi que je me suis pressé le citron. J'étais prêt à laisser tomber au moment où j'ai été arrêté par la cellule antiterrorisme et reçu la visite de ce journaliste. Lis la dernière parution. Rien n'attire ton attention ?

— Où vois-tu un rapport entre le titre de l'annonce et le contenu de l'article ? demanda Julie.

— En fait, Mahdi désigne en arabe une personne guidée par Dieu, celle qui montre le chemin. Certes, le rapprochement peut te sembler tiré par les cheveux, mais elle représente une figure politico-religieuse à forte influence.

— Si tu le dis…. Moi, je boucle les valises ce soir, car je te rappelle que nous partons demain matin. Tu prends quoi dans la tienne ?

— Tous ces documents.

— Quelques vêtements peut-être, une trousse de toilette éventuellement ?

— Oui, oui, vas-y, deux ou trois jeans, quelques tee-shirts, quelle importance, mais surtout n'oublie pas tous ces journaux.

— Hein ? Tu vas la porter, alors ! Tu n'as pas pensé, incidemment, sans te commander, faire un cd ou copier ces documents sur une clef USB, ou mieux encore les sauvegarder dans le cloud ?

— Tu n'es pas neuneu, la neurologue !

— Trop aimable.
— You're welcome!

« Le bonheur de l'homme n'est pas dans la liberté, mais dans l'acceptation d'un devoir. »

André Gide

Chapitre 5

Direction la Provence, le salut n'est-il pas dans la fuite ?

De bonne heure et fatalement de mauvaise humeur, nous chargeâmes notre break, empilant nos bagages pour un mois alors que nous ne partions que pour deux semaines. Les chiens dans le coffre et les valises sur le siège arrière ou inversement. Ne me demandez pas de tout vous raconter dans le bon ordre ou alors seulement après huit heures du matin et avec deux expressos dans ma cafetière.

Paris - Fréjus, temps de trajet : 7 heures 40 minutes, normalement ! Nous, cinq étapes ! Il fallut s'arrêter souvent pour satisfaire les envies canines, les nôtres aussi. Durée totale : 12 heures. Résultat ? Ne me demandez pas.

Nous avions eu le temps de réfléchir et de passer quelques coups de fil pendant la route. La meilleure auberge que nous avions trouvée était comme par hasard la moins chère. Si, ça existe ! Le taulier bavard nous avait séduits par sa gentillesse et le sens du contact dont il avait fait preuve. Nous suivions notre itinéraire à l'ancienne, c'est-à-dire la carte dépliée sur les genoux. Le GPS était coincé sur la langue de Goethe et même si celui-ci était reconnu pour être un poète de talent, je n'arrivais pas à percevoir un son audible. Peut-être un défaut inculqué par mes aïeux alsaciens. Nous avions jeté notre dévolu sur une auberge située à Fayence, village perché à flanc de montagne à une trentaine de kilomètres de Fréjus, non loin de là où résidait David.

« La baraque au bas-mât » était tenue sans surprise par un Américain qui, malgré ses efforts, avait du mal à cacher son accent texan. A priori, le taulier Liberato était récemment installé dans le pays et avait des difficultés à faire son trou.

— Vous avez un mât magnifique, Liberato ! Ce n'est pas vraiment d'origine texane ce prénom, j'ai décelé une prononciation plutôt américaine ce matin quand nous avons échangé au téléphone ?
— Yé suis d'oune madrée Italiana and from a American dad ! me lança-t-il en simulant avoir deux chamallows dans la bouche. Il partit dans un grand éclat de rire, fier de son effet. Je suis tombé amoureux d'une belle Provençale qui sentait bon la lavande

et je me suis installé ici. Ensuite, elle est partie, attirée par un gros marin, moi je suis resté avec mon romarin. Je n'ai jamais trouvé la clef de son bonheur.

— Elle espérait quoi ?

— Bah , laissez, tout ça, c'est de l'histoire ancienne. Des parfums plus exotiques à son goût qui m'ont filé le dégoût. Bye bye la Madone.

— Ouais… *Ça promettait, nous ne nous attendions pas à ce type d'individu.* On aimerait prendre le temps de se rafraîchir dans notre chambre, si vous le voulez bien.

— Oui bien sûr, je vous saoule avec mes histoires, tenez, voici vos clefs.

— Merci. Nous nous installons et allons faire un petit tour dans ce village qui m'a l'air magnifique. Nous avons rendez-vous avec un ami.

— Où as-tu mis les valises ? demanda Julie.

— Je les ai laissées dans le hall d'entrée.

— Même pas peur, Anderson !

— J'ai marqué dessus que le vol est interdit, plaisanta Richard.

— Tu devrais te méfier, il y a des gens qui ne savent pas lire ou qui ne comprennent pas le français.

*

Ce village de Provence était une vraie carte postale. Sa fontaine prenait une place quasiment disproportionnée par rapport à l'exiguïté des ruelles. Elle était le rendez-vous des tourterelles et des jeunes filles qui, bicyclette à la main, attendaient une autre variété de pigeon. Tout ce petit monde roucoulait. La douceur de ces premières soirées de printemps y était favorable. Julie en profita pour faire un tour par le kiosque à journaux pour acheter les éditions du jour. Aucun titre ne parlait de l'attentat auquel j'avais échappé. Tout juste relégué dans la quatrième page, un entrefilet mettait en garde la population contre la montée de la délinquance. Nous n'étions pas encore le premier du mois et je ne m'attendais pas à découvrir une nouvelle annonce.

Assis à la terrasse du « Café des tricheurs » David me fit un signe de la main.

— Viens te joindre à nous. Nous commençons une partie de manille.
— Salut David.
— Où as-tu mis ta femme ?
— Dans un fourré cette fois-ci, on aime bien varier les lieux.

— T'es trop con, dit-il en essayant de reprendre son souffle tellement il riait.

— Elle arrive, elle cherche à réserver une voiture, la nôtre vient de nous lâcher lâchement.

— Le seul loueur dans ce patelin s'appelle Marcel, c'est un copain, et sérieux de surcroît.

— Tu as raison de le préciser, je n'imaginais pas que tu avais des amis fiables. Je crois que je vais passer mon tour. À voir les cartes que tu as en main et celles qui traînent sous ta chaise, je ne pense pas avoir une chance de gagner.

Ses compères lui jetèrent un regard de biais et balancèrent leurs jeux sur la table avec dédain. David se leva aussitôt et attrapa son blouson sur le dos de sa chaise.

— Viens, laissons là tous ces mauvais joueurs, me dit-il. Vous êtes tous des tricheurs ! Qui a bien pu mettre ces cartes sous ma chaise ? lança-t-il à ses partenaires.

La clique désabusée se regarda, médusée par le culot de leur camarade. Après un moment d'hésitation, ils se levèrent, se regardèrent et lui emboîtèrent le pas en criant « Au tricheur !! ».

Il détala à toutes jambes en me tirant par la manche.

— Et où va-t-on maintenant ? lui dis-je.
— Eh bien, chez « Marcel Bagnole », retrouver ta petite femme.

*

Marcel avait un look de biker, mais sans la Harley. Néanmoins son air jovial compensait cette dégaine surfaite. Je l'imaginais bien cependant avec une bière à la main, accoudé au comptoir à raconter des histoires imaginaires de motards. Sa chevelure longue et bouclée se terminait au milieu de son dos. Son visage était envahi par des favoris noirs impeccablement dessinés. Un petit gilet de cuir sans manches dessinait la rondeur de son ventre qu'il tapotait comme un trophée avec un large sourire. La preuve de sa compétence se lisait sur son jean Lewis qui arborait des traînées de cambouis. Son tee-shirt, quant à lui, blanc à l'origine, n'était plus de la première jeunesse. Le lessivage intensif avait eu raison de la qualité médiocre du tissu publicitaire.

— Salut David, tu tombes bien, j'ai une facture qui ne demande qu'à être prise dans tes bras de Don Juan.

— Mes amis ont besoin d'un véhicule, mais tu as déjà dû voir ça avec sa jolie femme ?

— Je viens de lui proposer plusieurs modèles comme celui-ci.

— Joli, votre tank, la tourelle c'est en option ? Vous n'avez pas une Trabant pendant que vous y êtes ? dis-je, un peu irrité.

Julie nous rejoignit avec un chien et demi et me lança un regard comme seules les femmes savent le faire. Marcel, lui, soupira d'un air las en regardant David.

— Bon, je peux faire un effort sur le loyer si vous le souhaitez.

— Et nous louer un modèle plus en accord avec notre destination, peut-être ?

— Vous l'emmenez où ?

— Première étape, la Toscane, ensuite Rome et pourquoi pas Venise si le moteur tient.

— J'ai aussi ce modèle à vous proposer. Une excellente voiture pour votre destination. Vous passerez inaperçu avec cette Fiat, je vous le garantis. En plus, ce modèle est presque de l'année et n'a pas 50 000 kilomètres au compteur !

— Garantissez-moi déjà son bon état de fonctionnement.

— Môssieur ! Tous nos véhicules sont entièrement révisés, et ce, à chaque restitution de nos clients ! Il est curieux, ton copain. Un peu toi, mais avec une carte de crédit ! glissa Marcel à l'oreille de son ami.

Entassés dans notre Fiat 500 blanche, les genoux sous le menton, nous pouvions prendre la route. Marcel avait pris soin de fermer la porte en s'assurant de ne pas coincer la queue de Seb dans la portière. Concernant Chic-Hyppie, il n'y avait aucun risque.

Cette petite pause provençale nous avait permis de recharger nos batteries au sens propre comme au sens figuré. J'avais hâte de de continuer notre route pour continuer mes recherches. Après que nous l'eûmes déposé à son domicile et lui eûmes promis de revenir le voir, nous fîmes un signe d'adieu à David à travers le pare-brise arrière de notre voiturette

*

— Comment l'as-tu connu ton copain ? m'interrogea Julie.

— Tu ne te souviens pas ? Ça remonte à notre mésaventure qui avait une étrange similitude avec celle de Pont-Saint-Esprit. Il était dans ma chambre, toi dans celle des filles. Il a été intoxiqué comme nous tous à cette époque. Lui semble ne s'en être jamais vraiment remis. Toujours à l'Ouest depuis ce temps, pour un gars du Sud, ce n'est pas banal.

— Tu es content de ton jeu de mots j'espère, tu es toujours aussi lamentable.

— Tu n'es pas mon public ! Néanmoins, il a le cœur sur la main et nous sommes toujours restés en contact. Assez facilement au début puisque nous faisions partie du même groupe de parole et avions suivi la même thérapie. Ensuite, nous avons sympathisé. Le truc classique : échange de courriels et de numéros de portables. Nous nous retrouvions dans un bar après les séances et ensuite pour dîner.

— C'est touchant ! Vous deviez faire un joli petit couple !

— Ne te moque pas. Nous nous amusions de partager deux mondes professionnels pas si différents que ça après tout. Lui professeur de dessin et moi architecte, seuls nos sujets différaient.

— Pendant que moi, j'étais toujours à l'hôpital. Charmant ! Tiens, voilà ton journal !

Julie se tut, avec son faux air boudeur qui en général clôturait la conversation. Ces bavardages avaient au moins le mérite de nous faire oublier les kilomètres qui nous séparaient de notre but et de faire tomber l'angoisse de notre situation. Il était temps de continuer notre route et de retrouver le goût de découvrir les paysages italiens.

« L'approche est toujours plus belle que l'arrivée. »
Alain Fournier

Chapitre 6

Première halte en Italie.

La Toscane nous réclamait. La carte dépliée sur mes genoux, je me faisais une joie de partir en vacances. Richard semblait avoir oublié tous nos soucis. Pour essayer de faire naître un sourire sur son visage, je décidai d'entonner « C'est pas d'l'amour » de Jean Jacques Goldman, chanson à la gloire de la Toscane. Il reprit avec moi le refrain mais stoppa net son envie de chanter au moment où il aperçut dans son rétroviseur une voiture noire conduite par un « corbeau », comme Richard nommait les hommes d'Église. Il ne cessait de regarder dans ce rétroviseur de voiture de pygmée. Certes, il était un anxieux de nature, mais son inquiétude devenait contagieuse. Heureusement, la voiture disparut. Sans doute avait-elle changé de direction. Enfin, je l'espérais.

Richard commençait à bâiller. Deux adultes avec leurs bagages et deux chiens dont un encombrant, il fallait admettre que le confort de notre voiture n'était pas adapté à l'utilisation que nous en faisions. Nous prîmes la décision de faire une halte pour la nuit. L'ensemble pittoresque du village que nous traversions me rappelait les maisons du sud de la France.

Ce petit village était propice à notre soirée d'étape. La pergola de la terrasse du seul hôtel était envahie par une glycine à fleurs jaunes et orangées qui présageait d'une fraîcheur salvatrice. Les rayons encore mordants du soleil couchant de juillet étaient arrêtés par les murs de pierres chaulées.

L'établissement ne semblait pas bondé. Seul un curé attablé releva la tête lors de notre passage. Encore un ! Nous nous rapprochions du Saint-Siège, mais là, ça commençait à faire beaucoup sur notre route. Heureusement, Ric n'y prêta pas attention.

La minuscule chambre que nous proposa l'hôtelier ouvrait ses fenêtres sur la route principale. Nous en étions quittes pour compter les voitures, à défaut des moutons, pour nous endormir.

Après le repas pris à la fraîche, nous partîmes soulager les envies canines et nous dégourdir les jambes, avant de tenter de trouver le repos sur un sommier aussi bavard qu'un journaliste en plein journal télévisé.

Les deux chiens prirent aussitôt possession du

lit, en nous interrogeant du regard pour comprendre à quel endroit nous avions décidé de dormir. Le confort était sommaire. La climatisation ne fonctionnait pas, alors que Sébastien dégageait une chaleur inconvenante ajoutée à une haleine à vous faire regretter de ne pas avoir mangé vous-même un hareng saur. Le sommeil finit par avoir raison de Richard et de la gent canine. Quant à moi, je n'arrivais pas à m'endormir. Le moindre bruit prenait des proportions fantasmagoriques. Hypnos finit par m'emporter à mon tour, enfin presque :

*

La porte ! C'était sa poignée que l'on tentait d'actionner ! J'étais paralysée, je fermai les yeux pour tenter d'oublier son grincement. Mon cœur s'emballait aussi vite que mon sang se glaçait. Je devenais folle de peur.

La peur, la vraie, me nouait la gorge, m'empêchant de hurler. Elle me poussait, sans effet, à remonter ma couverture pour me cacher le nez. Je décidai de me blottir contre Richard pour me rassurer. Lui, imperturbable, dormait d'un sommeil profond et régulier à quelques centimètres de ce mastodonte de chien qui ronflait la gueule ouverte. Chic-hippie, elle, avec sa classe naturelle était blottie à mes pieds. Richard se réveilla et alluma la lampe de chevet. La tentative d'intrusion cessa aussitôt.

Le lendemain matin, Richard ne se souvenait plus de cet incident nocturne. Il se leva sans faire de commentaire. Avait-il eu conscience de la situation ? Nul besoin de s'angoisser plus que de raison, aussi je m'abstins de lui parler de cet épisode, peut-être sorti tout droit de mon imagination…

« C'est lorsque vous avez chaussé vos pantoufles
que vous rêvez d'aventure En pleine aventure,
vous avez la nostalgie de vos pantoufles. »
Jacques Dutronc

Chapitre 7

Toscane, enfin les vacances !

Notre dernier point de chute avait pour
destination le monastère San Francesco Frogollini.
Julie avait minutieusement préparé notre voyage.
Elle avait pris soin d'entourer le lieu au crayon
rouge sur notre carte routière, signe incontestable
que l'endroit était incontournable. Décrit comme un
havre de paix et de retraite spirituelle, l'agence de
voyages de notre arrondissement nous avait
recommandé, avec insistance, ce séjour inoubliable
parmi ces moines fromagers. Julie me vantait les
bienfaits de ce séjour, soi-disant indispensable à
mon équilibre, et des vertus de ces interminables
balades qu'elle affectionnait. J'aurais volontiers
partagé son enthousiasme si nous étions tombés sur
des moines trappistes. Une bonne bière, ça ne se
refuse pas !

Le paysage toscan semblait avoir été préservé
du temps. De nombreuses espèces végétales et

animales prospéraient en parfaite harmonie dans ce décor idyllique. Les routes étaient *bordées de* champs au milieu desquels les fleurs *sauvages* avaient autant leur place que les variétés cultivées. À la manière d'un tableau de Louise Marion, elles sublimaient le village en arrière-plan. Tout ici respirait l'authenticité d'un peuple soucieux de vivre en harmonie avec la nature.

Nous arrivions enfin au bout de cette route sinueuse et interminable. Nous nous rapprochions de notre point de chute. Encore quelques lacets et nous allions l'apercevoir, enfin je l'espérais. La route avait été longue et mon copilote avait déclaré forfait. Calée contre la vitre avec son oreiller gonflable, ma Julie dormait et ronflait plus ou moins fort selon la position que lui faisait prendre la déformation de la route. Je dois dire que ce rythme avait tendance à me bercer aussi. Les chiens, eux, avaient abandonné depuis longtemps toute tentative de résister au ronronnement du moteur. La carte déployée sur le volant de la voiture m'indiquait que nous ne devions plus être très loin du Monastère Club. Il était temps de réveiller en douceur ma dulcinée. Julie se mit à scruter le paysage en quête de notre point de chute comme si le sommeil ne l'avait pas atteint. Les femmes me surprendront toujours ! Moi, mes yeux étaient rangés dans le vide-poches depuis longtemps…

Sans dire un mot, Julie pointa son doigt en direction d'un promontoire. Enfin il était là, perché sur un sommet, accroché à flanc de falaise, majestueux imbroglio de pierres et de toitures enchevêtrées. L'ensemble des bâtiments se fondait dans la roche couleur terre de Sienne, presque dissimulé intentionnellement. J'étais toujours intrigué par ce besoin systématique de se compliquer la vie en allant construire des habitations dans des lieux peu accessibles à flanc de rocher, surtout avec les moyens de l'époque...

À peine arrêtés, je remarquai une voiture noire semblable à celle que j'avais aperçue dans mon rétroviseur, rangée en bataille sur le parking. Julie ne s'en rendit pas compte. Nous fûmes accueillis par un abbé à l'entrée du monastère. Le temps de quitter mes lunettes de soleil et de plier les cartes routières, il s'approcha de notre véhicule et nous observa sans prononcer un mot.

— Bonjour mon père, nous avons lu sur notre guide touristique que vous pouviez accueillir les pèlerins de passage dans la région.
— Oui.
— Je vois que nous ne sommes pas les premiers, dis-je en regardant la voiture noire.
— Si, vous êtes les seuls.

— Nous arrivons de France, nous sommes pour ainsi dire en voyage de noces.

— Pour ainsi dire ? Vous êtes mariés ou pas ?

— Nous pensons qu'une telle aventure mérite de bien s'y préparer. Et une retraite à la source même du catholicisme nous a semblé judicieuse.

— Richard voulait dire une telle décision, non pas une telle aventure, précisa Julie en me fusillant du regard.

— Si vous le dites, ajouta le curé.

— La préparation au mariage vise à nourrir le dialogue entre fiancés, ajoutai-je.

— Parce que vous avez déjà des problèmes de dialogue ?

— Non, mais la préparation au mariage est un moment favorable pour faire le point sur sa vie religieuse et approfondir ou redécouvrir la foi catholique. Je commençais à ramer. Bonjour l'accueil !

— Certainement. Nous pouvons vous accueillir, mais nous avons quelques réunions le soir et vous serez tenus de rester dans vos chambres. Vous devrez être rentrés à 17 heures au plus tard, le dîner est servi à 18 heures. Nous allons vous donner deux chambres. Nous sommes dans une région assez reculée et je dois dire que nous n'avons pas beaucoup de visites. Vous avez des bagages, je présume.

— Oui, nous les avons laissés dans la voiture.

— Les frères « Pois chiches » vont s'en occuper, laissez-leur vos clefs.

— Ce n'est quand même pas leur vrai nom ? s'interrogea tout bas Julie en me regardant.

— Quand le Saint-Esprit est descendu sur la tête des hommes, ceux-là devaient porter un chapeau. En d'autres termes, notre Seigneur les a oubliés. Ils ne sont pas moines, seulement bénévoles, mais de bonne volonté quand même, ajouta le religieux d'un air dépité.

Julie rougit, pensant ne pas avoir été entendue par le curé qui tenait la porte.

— Vous voulez que je vous donne un coup de main ? dis-je en m'adressant au premier des tonsurés.

Mon tact habituel ne faillit pas à ma renommée. L'oblat que j'avais devant moi était amputé d'un bras. Julie me broya les côtes, lui fit mine de n'avoir rien entendu et avec un sourire benêt, tourna les talons en direction de notre voiture de location. Bon, ça c'était fait, on ne pouvait pas rêver entrée plus discrète…

*

— À quoi passent-t-ils leur temps ?

— Les bedeaux se bidonnent et les prélats se prélassent, qu'est-ce que j'en sais, moi ?

— C'est ça, moque-toi de moi ! Deux oblats plus un curé grincheux, je m'attendais à un peu plus d'accueil ou de spiritualité de la part d'hommes d'Église. Et chacun sa chambre en plus, incroyable ! Bonjour les vacances ! C'est ça ton voyage de noces ? m'interpella Julie.

— Bon, on n'est pas si mal installé, c'est un peu spartiate, mais ça ira et au moins personne ne viendra nous chercher ici, ajoutai-je pour la rassurer.

— Je ne vais pas te manquer cette nuit, à ce que je vois. Quand on parle de confort monacal, je n'ai même pas une salle de bains ! Et c'est quoi ce couvre-feu imposé, on se croirait dans un couvent !

Un oreiller volant changea de chambre.

— C'est comme ça depuis la nuit des temps, ma chérie.

— Eh bien, puisque la nuit détend, je vais me coucher !

— Nous sommes dans un monastère, tu ne t'attendais pas à voir une boule à facettes accrochée au plafond de ta piaule, quand même ? tentai-je de lui expliquer en défaisant ma valise.

Le traversin rejoignit lui aussi ma chambre. Quelques minutes plus tard, son propriétaire entra sans frapper pour récupérer les éléments indispensables à une bonne nuit de sommeil. Le demi-chien en profita pour suivre sa maîtresse…

*

— Tu dors ? Fais-moi une place, j'ai froid.

— Julie, je venais juste de m'endormir ! Comment veux-tu que je te fasse une place, tu as vu la largeur de cette couchette ?

— La mienne est encore plus petite. Seb, pousse-toi, allez ouste !

— Arrête de remuer et de faire grincer ce strapontin qui nous sert de lit. Imagine ce que pourrait penser le moine d'à côté ? Et arrête de rire !

— Frère Jacques, frère Jacques, dormez-vous, dormez-vous ? J'imagine sa tête demain matin.

— Arrête, je te dis ! Dors !

— Tu n'as pas d'humour, mon cher amour. Bonne nuit.

— Et c'est toi qui me dis ça, je rêve !

Quatre-vingt centimètres de large, deux adultes lovés l'un contre l'autre avec au pied du lit un chien et demi, la nuit allait être courte. Concernant Julie, je ne me faisais aucun souci pour son sommeil. À Paris, j'avais pris l'habitude pour la faire enrager de jouer à « 123 sommeil ! ». Julie sombrait dans une léthargie indécente à peine couchée. J'en arrivais presque à redouter qu'elle manque le lit et qu'elle passe la nuit sur la moquette de notre chambre. Des coups à se froisser un muscle, à défaut des draps.

*

Un insomniaque éprouva la nécessité d'agiter la corde reliée à la cloche de la cour principale. Je risquai un œil. Le soleil, obéissant aux ordres du sacristain, se levait et laissait s'infiltrer une faible lueur à travers la petite lucarne. Le premier office annoncé n'avait pas réveillé que les moines. Julie entra dans la chambre. Un drap de bain blanc enveloppait ses cheveux. Un deuxième autour de sa taille tentait de cacher tantôt un sein fugueur, tantôt une cuisse provocatrice. Elle me réveilla avec sa douceur habituelle.

— Frère Richard, dormez-vous ? Sonnez les matines ! Ding, ding, dong ! Allez hop, debout !

— Tu es déjà réveillée ? Je ne t'ai même pas entendue te lever. Tu te promènes à moitié nue dans un monastère, je te signale.

— Même pas peur, la fille ! J'cours plus vite que ces bedeaux bedonnants ! Ouste ! Les douches communes sont au fond du couloir. À poil, tout le monde à poil ! Alors on commence par quoi, frère Richard ? Je souhaite que tu boucles ton enquête pour qu'enfin nous puissions profiter de ce beau soleil et des saveurs italiennes. Je te connais bien, tu ne profiteras de rien tant que tu n'auras pas percé le secret de ces mystérieuses annonces. Houuu !!!

— Vas-y, parle plus fort ! Tu ne t'es pas ruinée en discrétion quand tu as fait les courses, toi ! Je commence à avoir une idée, mais laisse-moi ouvrir les yeux. Quelle heure est-il ?

— 5 heures 30, le petit déjeuner est déjà servi dans le réfectoire.

— Quelle nuit de merde !

Les chiens étaient déjà près de la porte, manifestant leur joie et leur impatience. Moi, les yeux dans leurs poches, je filai vers les douches, une serviette timidement nouée autour de ma taille en serrant fermement la savonnette, on n'est jamais trop prudent.

*

Quelques moines attablés dans un silence religieux écoutaient la lecture du jour. Julie, campée sur ses deux pieds fourchus, ne pouvait s'empêcher de commenter chaque phrase prononcée par le calotin désigné d'office. Lui n'avait pas le droit de partager son repas avec ses congénères. Sa spiritualité devait être suffisamment nourrissante selon Julie, qui ne pouvait s'empêcher de voir en lui un moine obèse récitant des prières en attendant le camembert promis.

Nous n'allions pas passer notre matinée à écouter ces promesses d'un monde meilleur, notre avenir n'était pas dans l'au-delà, mais bien dans nos soucis d'ici. Le petit-déjeuner se terminait et les moines commençaient à quitter la table pour vaquer à leurs occupations. Une partie de la bibliothèque du monastère était ouverte aux résidents et j'entendais bien en profiter. Quelques ouvrages se trouvaient sur des tables de bois fraîchement cirées dont l'odeur sublimait celle de l'encens. Afin que nous puissions nous plonger dans les textes et en étudier le contenu, des suspensions éclairaient d'un faible halo chaque emplacement. Un silence absolu régnait dans la bibliothèque où même les mouches s'abstenaient de se déplacer pour ne pas déranger les étudiants théologiens plongés dans ces recueils. Certains prenaient des notes, d'autres s'initiaient à l'art de l'enluminure. Les touristes en recherche de vérité venaient séjourner ici pour tenter de découvrir ou de redécouvrir ce qui pouvait bien se cacher à travers les lignes de ces grimoires savamment reliés et enluminés.

Installé en face de nous, un jeune moine était plongé dans l'étude d'un livre ancien. Avant de quitter sa place, il y glissa un papier en guise de marque-page en prenant soin de ne pas être vu du surveillant et le referma. Il le repoussa devant lui comme on repousse, repu, son assiette après la fin d'un repas dominical. Son regard insistant semblait me dire que ce papier m'était destiné. Sans rompre le silence, je m'emparai du bouquin en tendant mon bras. Il s'agissait d'un vieux texte expliquant les écrits de l'Ancien Testament. Ses pages usagées avaient souffert des manipulations répétées.

Certaines étaient détachées de la reliure et avaient été rangées à la va-vite, ce qui en compliquait la lecture. Le marque-page était inséré dans un chapitre consacré aux textes d'Ezéchiel. Encore lui ! Mon petit-déjeuner juste avalé allait me rester sur l'estomac… Les quelques lignes qui s'offraient à nous ne pouvaient nous laisser indifférents. Je ne pouvais m'empêcher de faire le rapport avec ce texte des annonces. Un coup d'œil vers Julie me confirma qu'elle aussi avait du mal à garder son petit-déjeuner au chaud.

> — Sortons, tu veux bien, dis-je à ma compagne.
> — T'expliques-tu pourquoi ces moines vouent un culte à ton Ezéchiel ?
> — D'abord, ce n'est pas le mien, mais bien le leur, Juju. En effet, il ne peut s'agir de coïncidences. D'abord, l'annonce du journal. Ensuite la lecture au réfectoire, les icônes à sa gloire qui recouvrent les murs, et maintenant ce moine qui tente de nous passer un message… L'environnement a de quoi inquiéter. Tout, autour de nous, semble se focaliser sur sa vie et ses écrits. C'est rassurant, non ? J'ai l'impression d'être au beau milieu d'une fourmilière surveillée par un tapir à la diète…

— On quitte ce lieu au plus vite Richard, je n'aime pas l'ambiance.

— Moi non plus. As-tu remarqué que nous ne sommes jamais seuls dans une pièce ? Il y a toujours un frocard en observation. Un entre quand l'autre sort.

— Vas-y, insiste ! Tu veux vraiment me donner les chocottes.

— Garde ton calme, Ju, un moine pour surveiller deux personnes, nous ne semblons pas représenter une menace aussi importante que ça.

— Ou bien nous sommes de parfaits incrédules.

— Repars en ville et préviens David si ça peut te rassurer. Moi, je reste, et j'ai bien envie d'assister à une de ces réunions nocturnes qui nous obligent à être reclus dans notre chambre.

— Tu es fou mon amour, tu t'entêtes, mais je choisis de demeurer ici à chercher je ne sais quoi avec toi.

J'aurais préféré qu'elle se décide à partir. Au moins son départ aurait eu quelque chose de rassurant. Près de moi, je la mettais en danger, enfin je le redoutais. Plus nous nous rapprochions des serviteurs de Dieu, plus nous chauffions. Restait seulement à ne pas basculer en enfer.

« La liberté n'est, le plus souvent, pour
l'homme que la faculté de choisir sa servitude. »
Les incertitudes de l'heure présente
Gustave Le Bon

Chapitre 8

Toscane, Monastère San Francesco Frogollini.

Le souper du soir, servi dans la grande salle, était comme à l'accoutumée d'une tristesse affligeante. Il n'était pas question d'échanger avec son voisin de table quand bien même celui-ci aurait été un pensionnaire non résident, en un mot un touriste ! Mon dîner frugal fut vite avalé. Celui de Julie, guère plus copieux, ne lui prit pas plus de temps. Sa mine inquiète devait y être pour quelque chose. Il nous restait une bonne dizaine de minutes à patienter avant de quitter la table. Compte tenu de mon projet nocturne, ce n'était pas le moment de nous faire remarquer. Les premiers pensionnaires commençaient à se lever. Nous ne pouvions que profiter de l'occasion pour leur emboîter le pas. J'avais, quant à moi, des fourmis dans les jambes.

Arrivés dans nos chambres respectives, il nous fallait encore attendre l'heure de la retraite des moines. Je ne pus m'empêcher de refaire le point et de consulter pour la énième fois les documents sécurisés dans un dossier caché sur ma clef USB. Julie, impatiente, préféra profiter de l'air frais de la soirée, au grand bonheur des chiens. Petit à petit, les pièces de mon puzzle allaient commencer à s'emboîter.

L'heure des complies sonna. Elles étaient les dernières prières de la journée, chantées par les fidèles peu après le coucher du soleil et juste avant l'heure où chacun regagnait sa cellule. Quelques minutes encore et le monastère allait se vider de ses moines. J'allais enfin connaître la teneur de leur réunion nocturne.

*

Julie avait préféré se plonger dans un roman plutôt que de m'accompagner. J'avais au moins une complice pour museler les chiens pendant mon absence. Les couloirs manquaient de luminosité, à croire qu'il n'était pas nécessaire de leur donner vie après une certaine heure. Seule la torche de mon portable dessinait mon chemin. Le déambulatoire était sombre et vide de toute âme qui vive. À l'étage inférieur, une lueur venant d'un escalier de pierre m'incitait à descendre au plus profond des entrailles du monastère. Au fur et à mesure de ma progression, la température baissait et la fraîcheur volait la place à la chaleur du niveau supérieur. Une humidité ambiante ruisselait sur la paroi des murs de tuffeau. Le son des chants grégoriens s'amplifiait et commençait à solliciter mes tympans. Je pressai le pas, non pas que je fusse fanatique de ce type de mélodie atone, mais je ne voulais surtout pas manquer la fin de la fête. J'éteignis mon portable, préférant emprunter au passage une torche et enfiler une robe de bure qui pendait à un portemanteau. Une odeur d'encens mêlée au salpêtre des murs me prenait les narines. J'avais l'impression de jouer le tout pour le tout. Dans ma panoplie du parfait bedeau, je prenais part à cette cérémonie glauque et d'un autre temps. La messe n'avait de noire que la pénombre qui régnait dans la salle, enfin je me remontais le moral comme je pouvais. Pourtant les cris que j'entendais avaient de quoi me persuader de faire demi-tour. La curiosité fut plus forte que mes angoisses.

Un moine, torse nu, entravé sur un autel, paraissait revivre la passion du Christ. Les autres semblaient l'ignorer, plus préoccupés par l'environnement qui n'avait rien d'un décor monastique. Certains se contentaient de rester debout en contemplant la représentation d'une icône religieuse qui m'était inconnue, d'autres se disputaient les rares chaises présentes. Nous étions dans une sorte d'ancienne bibliothèque avec des monceaux de livres empilés et mal rangés. Quelques étagères vides et déglinguées encombraient le passage de la seule personne devant laquelle tout le monde s'effaçait. Le silence retomba. Le maître allait prendre la parole. Je reconnus l'abbé qui nous avait accueillis.

— Mes frères, selon la volonté de notre divin Père, nous nous retrouvons ce soir pour sanctifier la venue tant attendue de notre bien-aimé sauveur. Ezéchiel, son humble serviteur, nous a conté avant l'heure l'annonce du retour de Christ, notre Seigneur. Les signes que nous avons perçus corroborent les mises en garde de notre vénéré Ezéchiel. Il est de notre devoir d'entendre sa parole et d'en prendre acte. Nous avons lancé à travers le monde les messages de ralliement afin de préparer le chemin divin. Ce monde décadent et divisé est l'œuvre de notre civilisation. L'ennemi de Christ se cache derrière une poignée de fanatiques qui terrorisent et blasphèment leur propre religion. Loué sois-tu, Christ, de revenir avec ton fils Ezéchiel pour guider les pas de tes enfants perdus.

— Loué sois-tu, Christ, reprenait en chœur l'assemblée présente.

Des fous ! J'étais au beau milieu d'une bande de fous qui commençaient à se déplacer pour venir baiser la croix tendue et les pieds du maître. Certains allaient se ranger derrière lui, d'autres passaient à la queue leu leu et relevaient leur capuche pour recevoir sur la langue une pastille de je ne sais quoi, bien trop petite en tout cas pour ressembler à une hostie. Il était peut-être temps pour moi de prendre mes distances et de gagner le fond de la crypte si je ne voulais pas rouler une pelle à un morceau de bronze et encore moins aux pieds d'un cureton bedonnant. Mais entre le penser et le faire, il y a une marge, car tous se grillaient la priorité à qui allait être le premier à honorer le maître de cérémonie. Je laissais facilement ma place, mais cela n'allait pas durer éternellement. De moins en moins de moineaux m'entouraient. J'avais petit à petit réussi à m'isoler derrière un pilier de pierre qui cachait une porte de bois, ferraillée comme un coffre-fort. Mon salut était dans la fuite et cette porte salutaire avait dû être positionnée là pour moi. Alors que je m'apprêtais à la franchir, un gardien de Dieu s'interposa avec une carrure qui ne laissait pas de place à la contestation. Celui-ci n'avait pas dû sécher les cours de gym... Il avait poussé le vice jusqu'à se raser le crâne, bien que son sacerdoce ne lui imposât que la tonsure. Les bras croisés haut sur le ventre, les pouces sous les aisselles, le visage fermé, la position était sans équivoque. Je ne devais pas être sur le bon chemin. Enfin, c'était le message subliminal que Monsieur Muscle semblait vouloir me faire passer. Alors que je m'apprêtais à faire demi-tour, sa main de fer me broya l'épaule au point de me faire vaciller.

— Vous n'avez rien à faire ici.
— Je cherche la sortie.
— La cérémonie n'est pas terminée. La porte sera ouverte quand le maître donnera congé à l'assemblée. Va, vénère Christ et son fils Ezéchiel, purifie et libère ton âme.

Si gentiment demandée, l'invitation ne pouvait pas être refusée. Je fis la queue au bout du cortège et m'acquittai de mon devoir en prenant soin de m'essuyer mille fois la bouche avec le revers de ma manche.

La cérémonie prit fin peu de temps après. Un à un, en file indienne, nous sortîmes par la porte enfin déverrouillée. Crâne chauve me lança un regard suspicieux lors de mon passage et c'est tête baissée que j'emboîtai le pas de mes nouveaux copains. Pas fier, un peu anxieux, mon escapade nocturne et indiscrète risquait de compromettre nos vacances italiennes. Je ne voulais pas mettre en danger ma Jolie-Julie. Seule dans sa chambre avec les deux clebs, à attendre que j'assouvisse ma curiosité, elle ne pouvait pas imaginer ce que j'avais découvert. Il fallait qu'elle quitte cet environnement avant d'en subir les conséquences. Je ne pus rejoindre ma moitié. Je fus rattrapé par Crâne chauve qui sans retenue arracha la capuche qui dissimulait mon visage.

— Je ne pense pas que nous soyons frères, cher visiteur !

— Peut-être des parents éloignés ?

— Même pas, sale fouineur de Français ! Notre bien-aimé et vénéré maître se fera un plaisir de discuter avec toi, viens par ici !

La main de fer cramponna une nouvelle fois mon épaule sans intention de lâcher prise. Je fus dirigé vers une porte qui s'ouvrait vers un couloir voûté. Le monastère ne m'avait pas encore révélé tous ses secrets… Julie allait s'inquiéter. J'espérais tout au plus qu'elle avait pris la décision de partir comme nous l'avions convenu si, dans les deux heures suivant ma virée nocturne, elle ne recevait aucun signe de vie de ma part. Après des tours et des détours, j'avais l'impression de revenir sur mes pas, pourtant je n'avais pas les yeux bandés.

La fraîcheur de l'air m'incita à croire que nous nous enfoncions encore plus profondément dans les entrailles de cette bâtisse médiévale. Après des couloirs interminables, quelques marches montantes, une lourde porte de bois semblait indiquer que nous approchions de la fin du tunnel. Nous fîmes une halte pendant laquelle un de mes geôliers passa devant moi et déverrouilla la serrure. La nuit était claire, la pleine lune projetait des ombres fantomatiques sur les parois des murs. À peine avais-je pris contact avec les étoiles qu'un sac en toile de jute enveloppa ma tête. Ces êtres, charitables de nature, m'assenèrent un coup sur la tempe, ce qui eut pour effet de me faire tourner de l'œil illico.

*

La tête encagoulée, les mains liées, je fus poussé à l'intérieur d'une camionnette. Nous roulions maintenant à vive allure et je n'oubliais pas de me cogner contre la carrosserie à chaque virage. Le chauffeur devait connaître la route. Enfin, je l'espérais. Ces abrutis allaient finir par nous tuer sur ces chemins cailouteux et ces routes sinueuses. Finalement, nous ralentîmes. J'entendis un portail grincer sans que mes chauffards aient à descendre de la camionnette. La lenteur de son déclenchement me laissa penser que son poids et sa dimension étaient conséquents. Notre véhicule redémarra et roula encore quelque temps sur un chemin empierré. À peine fut-il stoppé que les portes arrière s'ouvrirent face à un comité d'accueil impatient. Une main venue de nulle part m'arracha ma cagoule sans délicatesse.

> — Monsieur Anderson ! Mais dans quel état êtes-vous ? Mes chauffeurs ont dû vous secouer pendant le transport. Je n'aurai même pas besoin de vous torturer. Ils manquent à tous leurs devoirs, c'est à moi que ce privilège revenait normalement. Je ne vous ai pas attendu pour dîner, vous m'en excuserez. Nous vous avons réservé notre meilleure suite. Messieurs, dégagez-moi cette ordure de ma vue.

L'accent américain était inoubliable. Miller, ça ne pouvait être que lui, ce bouffeur de donuts. Je fus conduit sans ménagement à travers un dédale de galeries, c'était reparti. Quelques tapisseries d'époque moyenâgeuse habillaient les murs. Arrivés au bout d'un couloir, un de mes anges gardiens passa devant moi et s'engagea dans un escalier étroit. Le deuxième m'indiqua le chemin à suivre en pointant dans mon dos un fusil de chasse. La descente fut longue, je devais me situer dans un château ou en tout état de cause dans un bâtiment très ancien. Tel un maître d'hôtel, le premier, sourire aux lèvres, ouvrit la porte de ce qui me sembla être un cachot et me poussa violemment à l'intérieur. L'endroit était humide et sans lumière. À tâtons, je réussis à saisir un lit suspendu au mur et à me relever. Un chevet était placé juste à côté. L'hôtelier avait prévu une bougie et une boîte d'allumettes. J'étais dans une chambre, ou plutôt dans une cellule monacale. Pas de décor, pas de commodités, ils allaient devoir revoir leurs installations pour que je leur décerne une étoile. Je n'arrivais pas à trouver le sommeil tant j'étais couvert d'hématomes. À peine commençais-je à somnoler qu'une lumière aveuglante me brûla les paupières.

— Alors, cher invité, j'espère que vous avez passé une excellente nuit dans nos murs. Nous allons avoir une petite conversation d'homme à homme. Nous avons tellement de choses à nous dire, surtout vous, je pense.
— Vous avez de bons soldats, Miller, bien obéissants.
— La Pervitine. Un à quatre comprimés par vingt-quatre heures et vous obtenez une dépendance absolue. Ça vous transforme un homme en machine à tuer. Les bonnes vieilles méthodes de notre cher Docteur Morel, médecin de notre bien-aimé Führer, sont toujours efficaces. Je vous rédige une ordonnance ?

— On voit où cela l'a conduit ! Vous voilà au sommet de votre art, Miller, ou devrais-je dire Müller ?

— Je ne vous en veux plus de cette confusion. Mon père s'est réfugié aux États-Unis et a transformé son nom pour le rendre plus américain après avoir servi de son mieux le troisième Reich. Je vous suis reconnaissant de me croire aussi puissant que vous semblez le penser, mais je ne suis qu'un maillon d'une chaîne dont vous n'imaginez pas la dimension mondiale.

— J'ai l'honneur de vous emmerder grave !

— Oui, je comprends. C'est rageant, n'est-ce pas ? Mais je vous conseille de vous tenir tranquille. Il semble que vous ayez quelques petits soucis de santé, surtout côté cœur. Vous voyez cet aimant ? Si je l'approche de votre pacemaker, il va le déprogrammer. Pschitt, plus de Richard Anderson ! Ni vu ni connu, le légiste conclura à une défaillance de votre bazar, c'est tout. C'est trop facile, à peine drôle. On est tellement loin du premier hôpital que vous n'aurez pas le temps de vous y rendre.

— Bande de salauds !

— Alors, dites-nous, où avez-vous caché les documents que vous avez pris ?

— Je n'ai rien volé.

— Et celle-ci, vous ne l'aurez pas volée !

Un revers de main explosa mon plombage récemment refait. Au prix des soins dentaires, c'était du gâchis.

— Vous avez été en contact avec ce journaliste, ne nous dites pas qu'il ne vous a pas transmis le contenu de ses recherches, il les avait certainement consignées quelque part ?

— Que vous a-t-on promis pour vous corrompre ? Vous ne vous en tirerez pas aussi facilement que vous l'imaginez, Müller.

— C'est moi qui pose les questions, Anderson, ou bien préférez-vous que je les pose à votre bien-aimée ?

— Vous pouvez me poser ces questions autant de fois que vous le souhaitez. Je vous donnerai les mêmes réponses que celles que je vous ai fournies en présence de Giffard quand nous étions à Paris.

— Nous allons vous garder encore un petit peu au frais, la faim finira par vous délier la langue. Virez-moi ce type de cette pièce, aboya cet américano-germano-idiot.

« Le renouveau a toujours été d'abord
un retour aux sources. »
La Danse de Gengis Cohn (1967)
Romain Gary

Chapitre 9

Retour en France. Fayence, 23 h 30.

Julie gara sa voiture et resta tête baissée agrippée à son volant. Aucun son n'arrivait à sortir de sa gorge, mais ses traits tirés parlaient pour elle. À travers la vitre de sa 500, je percevais son désarroi. J'ouvris la portière pour libérer les chiens impatients.

Elle m'avait prévenu de la disparition de Richard et de son retour précipité. Elle avait fait le chemin d'une seule traite. Épuisée, la tension nerveuse qui lui avait donné la force de tenir le volant lâchait maintenant. Elle s'effondra en sanglots.

Il y a des rivières qui sont infranchissables, surtout quand elles s'abreuvent des larmes du désespoir. Je la pris dans mes bras amicaux sans prononcer un mot.

— Dis-moi Cro, promets-moi de le retrouver.

— Ne m'appelle plus comme ça s'il te plaît, ça me rappelle tellement de mauvais souvenirs… Mais ne t'inquiète pas, on a deux solutions : soit tout faire pour que tout rentre dans l'ordre, soit rentrer dans les ordres pour le retrouver. Alors, Miss Julie, singulier ou pluriel ?

Julie restait insensible à ma tentative d'humour. Elle finit par sortir de sa voiture et accepta de venir s'asseoir dans la cuisine. Je lui tendis un verre d'alcool fort pour l'aider à se calmer et approchai une boîte de mouchoirs en papier.

— Allez Julie ! Prends un petit remontant et détends-toi. Nettoie-moi ce nez qui coule et ressaisis-toi un peu !

— Je décompresserai quand Richard sera de retour en France. De plus, je n'ai pas pu m'empêcher d'aller fleurir la tombe de Simon

— Effectivement, ça n'arrange rien à la situation. Ce pauvre Simon n'a pas supporté nos précédentes péripéties. Demain, nous partirons à Aix et irons voir une avocate qui m'a bien aidé par le passé. Je suis sûr qu'elle saura nous conseiller.

Levée aux aurores, Julie faisait les cent pas en m'attendant. Elle refusa son petit- déjeuner. Ce n'était pas la peine d'insister. Moi, je pris le temps de me faire chauffer un café et finalement, elle accepta de m'accompagner. La circulation étant assez fluide aux abords d'Aix-en-Provence, nous arrivâmes à destination en moins de deux heures. Elle ne roulait pas si mal, cette Fiat 500 !

*

— « Tassion Félicie, avocate au barreau d'Aix-en-Provence », c'est ici. Avec un nom comme ça, le résultat doit être garanti ! lança David. Julie ne releva pas.

Une femme ouvrit la porte. Elle ne me prêta aucune attention, mais déshabilla Julie du regard de haut en bas avec un large sourire gourmand. Elle ne cachait pas son goût pour les belles créatures. Sa coupe de cheveux à la garçonne lui conférait un air de remède contre l'amour. A contrario, sa collaboratrice avait un look de pin-up sortie d'un défilé de mode. Sa tenue contrastait avec son engagement pour le barreau et elle savait en jouer. Ses déplacements avaient un chaloupé à vous donner le mal de mer. Heureusement, la vie m'avait appris à avoir le pied marin.

— Ce n'est pas la peine que je te demande de ne pas la quitter des yeux ? Me questionna Julie.

— Pas de risque, fais gaffe Julie, moi aussi je t'ai à l'œil, lui dis-je en regardant Félicie.

Elle haussa les épaules.

— Bonjour Maître, nous avons rendez-vous pour une affaire d'une extrême urgence.

— Bonjour, lança-t-elle d'un ton sec en braquant les yeux sur moi.

— Ce n'est pas exactement pour moi, mais pour mon amie ou plutôt son compagnon qui a disparu.

— Encore une histoire de fugue amoureuse ?

— Pas du tout ! S'interposa Julie !

L'avocate referma la porte et tourna les talons en nous montrant le chemin de la salle d'attente.

— Installez-vous ici, ma collaboratrice va venir vous chercher. Excusez-moi, mais j'ai des affaires urgentes à traiter. Je vous recevrai dès que vous aurez avancé votre dossier avec elle. Nous envisagerons ensemble la procédure qui sera la plus adaptée à votre histoire.

Le visage de Julie s'assombrit. Il est vrai que l'accueil n'était pas des plus chaleureux.

— Ne vous inquiétez pas, Madame, elle aussi est membre du barreau ! ajouta-t-elle, percevant l'anxiété de Julie.

Heureusement, Barbie-avocate traversa la bibliothèque en se dirigeant vers nous. Elle nous invita à la suivre jusqu'à l'alcôve servant de coin lecture.

— Nous n'en avons pas pour très longtemps, votre dossier ne semble pas très compliqué. J'ai bien pris note de notre échange téléphonique. Madame Anderson ici présente se plaint de la disparition de son futur. L'abandon du foyer conjugal est somme toute assez banal.
— D'abord, ce n'est pas Madame Anderson, mais Madame Caslaux, nous ne sommes pas encore mariés. De plus, mon ami ne m'a pas plantée là, comme vous semblez le croire.
— Il faut que vous admettiez…
— Je n'admets surtout pas vos conclusions hâtives.

— Vous demandez une prestation compensatoire ?

— Merde ! Je ne souhaite rien d'autre que l'on retrouve mon bonhomme qui a été kidnappé. Capich ?

— Capich, capich, ne vous énervez pas comme ça. C'est frustrant de se faire plaquer, surtout pendant son voyage de noces...

— Retiens-moi, David, je vais lui faire bouffer sa culotte à cette pin-up atteinte d'aménorrhée !

David fit signe à Julie de se calmer et de parler moins fort. Il tenta d'éclaircir la situation.

— Je crois qu'il y a une incompréhension entre nous. Richard Anderson, le compagnon de Julie ici présente, a disparu au cours de leur voyage en Toscane. Ils étaient hébergés dans un monastère qui accueille pendant quelques nuits des touristes. Une sorte de chambre d'hôtes, si vous voyez ce que je veux dire.

— Non, ça ne me viendrait pas à l'idée d'aller passer mes vacances dans un couvent.

David ne releva pas et fit discrètement un signe d'apaisement avec sa main à l'attention de Julie qui bouillonnait.

— Nous pensons que Richard a découvert des choses qu'il n'aurait pas dû voir. Son kidnapping ne fait aucun doute pour nous.

— Pour vous peut-être, mais pour la police ? Ça sera plus compliqué de leur faire avaler que des moines, serviteurs de Dieu, deviennent des voyous. Vous leur en avez parlé ?

— Pas encore.

— Ouais, je ne vois pas ce que je peux faire pour vous avec si peu d'éléments. Nous ne sommes pas des enquêteurs. Il faut que nous en parlions avec Madame la comtesse.

— La comtesse ? s'esclaffa Julie

— Oui, Madame la comtesse est avocate. Le titre ne fait pas la fortune. Dans notre cas, l'étude fonctionne plutôt à la fortune du pot, si vous voyez ce que je veux dire. Il me semble que nous avons eu à traiter une affaire assez similaire il y a quelque temps. Voyons voir, où l'ai-je rangée ? Bon, je l'appelle.

L'avocate composa sur le combiné de son téléphone le numéro de sa patronne et lui exposa les faits. Quelques minutes plus tard, la comtesse entra dans la bibliothèque.

— En fait, si j'ai bien compris, on ne peut pas se passer de mes conseils. Je vais donc me joindre à vous tout de suite, déclara la comtesse. Le créneau horaire de dépose des plaintes au parquet vient de changer.

— C'est ce qu'on appelle le parquet flottant, susurrai-je à l'oreille de Julie pour la détendre. Elle me regarda d'un air las.

— Sortez-moi le dossier 10-1959 rangé dans la boîte à archives numéro 18, juste là dans la bibliothèque, dit la comtesse à l'attention de Barbie.

Elle fit glisser l'escabeau de bois ciré et commença à monter les premiers échelons. Sa robe noire fendue, mais hélas cousue à mi-cuisse, laissait entrevoir la dentelle du haut de ses bas. Elle ne faisait rien pour empêcher son vêtement de s'ouvrir à chaque marche gravie. J'étais ravi. Félicie aussi !

— Il faut d'abord signaler sa disparition au commissariat. Vous serez entendus par un planton qui enregistrera votre plainte. Une fois votre dossier complété, j'irai moi-même au parquet pour en discuter avec le juge d'instruction. Nous déciderons de la meilleure façon d'aborder cette affaire, précisa la comtesse Tassion.

Pas de doute, avec un titre comme ça, nous

allions être bien défendus.

— Et ensuite ?

— Eh bien, il faudra patienter ! Si vous connaissez un autre moyen, un appui politique par exemple, il pourra faire remonter votre dossier sur le haut de la pile. Je vous conseille de vous adresser à votre réseau sans plus tarder. Le temps est toujours important dans une affaire de rapt. S'il s'agit bien de ça !

— On va déclencher une alerte enlèvement ?

— Ne rêvez pas trop ! Votre conjoint est adulte, nous ne sommes pas dans le cas d'un vol d'enfant, madame Anderson ! Il y aura, tout au plus, une enquête.

— Non, je ne suis toujours pas mariée, enfin pas encore. Appelez-moi Caslaux et concernant l'âge de mon futur, s'il n'avait pas fait preuve d'enfantillage, nous n'en serions pas là !

— Les hommes, tous pareils ! compléta l'avocate. Nous, les femmes, devrions savoir être câlines le matin, mères la journée et séduisantes le soir, tout un programme ! Vous semblez ne pas comprendre, Monsieur Crowder ? Si vous le souhaitez, je peux aussi vous l'illustrer par : nuisette le matin, tablier dans la journée et guêpière en soirée. Cela vous parle plus, présenté comme ça ?

— C'est à peine exagéré, compléta Julie.

— Si je vous dérange ? ajoutai-je.

Après notre départ, Julie refusa de rester se reposer chez moi. J'essayai d'argumenter en insistant sur le fait que mon domicile serait certainement le premier endroit où Richard tenterait de reprendre contact mais rien ne lui fit changer d'avis. Dès le lendemain matin, nous reprîmes la route pour Paris.

« Souvent le cœur se fatigue de voir que jamais vie et rêve ne
concordent. »
Nils Colett Vogt

Chapitre 10

Paris, 36 quai des Orfèvres.

Pendant la saison estivale, je descendais à Saint-Michel Notre-Dame, une station de métro plus tôt. Je me plaisais à prendre le temps de traîner sur les quais avant de rejoindre mon bureau, au 36. La douceur marquait la fin des cours pour les étudiants et l'arrivée des premiers touristes qui flânaient en regardant couler la Seine. Appareils photo à la main, ils immortalisaient les péniches. Quant aux plus jeunes, leur jeu consistait à se faire tirer le portrait avec un poulet en chair et en plumes devant le numéro 36. J'allais, dans les jours à venir, devoir quitter la quiétude de cet environnement pour aller me perdre rue du Bastion.

Bientôt trente-sept ans de bons et loyaux services, trente-sept piges à résoudre des affaires qui s'étaient empilées sur mon bureau sans en avoir une quelconque reconnaissance ni la moindre gratitude. Un peu fatigué, le Giffard ! Mes supérieurs ne voyaient aucune nécessité de promouvoir la perspicacité dont j'avais usé pour servir mon pays. Mes collègues ne me jalousaient pas, ils avaient bien raison puisqu'aucun remerciement ni félicitation ne venait soutenir mon engagement. Tout juste quelques haussements d'épaules ou des ricanements dans mon dos au distributeur à café.

Souvent envoyé au front quand personne ne voulait se risquer dans une enquête difficile, je remplissais ma mission tandis que mes collègues pantouflaient déjà confortablement chez eux. Ma vie professionnelle était ponctuée de rapports interminables tapés sur une machine à écrire, agrémentée de carbones qui me noircissaient les doigts. Cette triste vie de flic solitaire était constituée de cafés et d'heures de planque à n'en plus finir, putain de job ! Seul accoudé sur mon bureau, au milieu des piles de dossiers, je lisais Matthieu qui expliquait « Je vous envoie comme des brebis au milieu des loups. Soyez donc prudents comme les serpents, et simples comme les colombes. Mettez-vous en garde contre les hommes, car ils vous livreront aux tribunaux... » À croire qu'il avait écrit ces mots pour moi, le bougre !

Au milieu des requins envieux et des sangsues de la pire espèce, je naviguais, essayant de garder la tête hors de l'eau. Je préférais travailler dans l'ombre plutôt que de ne rien faire au soleil. La politique n'était pas pour moi et je la laissais volontiers à ces premiers de la classe gominés, toujours à l'affût des sollicitudes du ministère de l'Intérieur. Ce monde où elle prenait le pas sur la réalité m'était insupportable. On ne se refait pas à deux doigts de la retraite. J'essayais de faire le vide, de me purger la tête de ce que je ne pouvais pas maîtriser pour me concentrer sur cette nouvelle affaire. Allez, Giffard ! Une petite dernière, une ultime enquête pour finir en beauté et tous leur niquer la gueule ! Pour le plaisir du travail bien fait, quoi qu'en disent mes détracteurs.

*

Depuis l'interrogatoire de cet architecte en mal de projets, j'étais un peu resté sur ma faim, autant dire avec plus de questions que j'avais eu de réponses.

Cet Anderson n'avait pas été très coopératif, à moins qu'il ne fût sur la défensive vis-à-vis de la rudesse de l'interrogatoire mené par Miller. Il n'avait pas vraiment eu tort de se méfier de cet Américain. Cet individu venu tout droit des États-Unis avec son air si sûr de lui ne m'inspirait pas plus confiance que ça, malgré les recommandations de ma hiérarchie. Cette histoire de complot raconté par monsieur Anderson m'avait semblé de prime abord un peu farfelue, mais l'attentat qui avait suivi dans la boutique de ce Chinois avait attisé ma curiosité. Le pauvre y avait perdu ses oreilles et son fonds de commerce...

Paradoxalement, j'appréciais ces moments où je me retrouvais seul confronté à mon énigme, porte fermée, cafetière remplie à ras bord, la mienne prête à exploser. Je m'étais discrètement procuré ces journaux pour m'assurer de la véracité de ces annonces.

J'avais découpé les articles en prenant soin de les punaiser délicatement sur mon tableau de liège dans l'ordre chronologique de leur parution. Mon équipe savait que ça pouvait durer des heures ou des jours et personne ne tentait de toquer à la porte.

Tout ce tintouin pour quelques annonces, j'avais du mal à comprendre. Pourtant, si un tel déferlement de moyens pour ces évènements était déployé, je devais bien admettre qu'une partie du problème m'échappait.

En admettant qu'Anderson ait remarqué une similitude entre ces annonces et les articles publiés, il n'était pas l'élément central ou déclencheur de ce bordel. Par contre, à peine avait-il mis son nez dans cette histoire que la CIA avait traversé l'Atlantique.

La connaissant, elle n'avait certainement pas fait le déplacement pour visiter la tour Eiffel !

En relisant la déposition, le deuxième élément qui pouvait avoir un tant soit peu d'intérêt était l'existence systématique de membres du corps ecclésiastique, discrète, mais bien présente.

La CIA, l'Église, quel tango ces deux-là étaient-ils en train de danser ?

*

À bien y réfléchir, je n'avais pas beaucoup d'éléments sur mon collègue d'outre-Atlantique. Son charisme m'avait tellement perturbé que je n'avais même pas tenté d'interroger d'autres connaissances sur ses états de services, et surtout sur son passé. Seul Anderson, pour le faire enrager, lui avait tenu tête. Il avait pris un malin plaisir à l'appeler Müller. C'est vrai que son physique lui aurait permis de jouer un rôle de nazi dans un film, notamment ses cheveux blonds, ses yeux bleus et son visage long pourvu d'un nez droit. Sa réaction avait été on ne peut plus violente, comme si... comme si quoi ? Comme si ça le blessait ou révélait ce qu'il était en réalité.

— Brigadier !

— Chef ?

— Faites-moi un rapport sur Miller, discrètement s'il vous plaît.

— Chef, je n'ai pas accès aux dossiers de la maison.

— Vous voulez vos galons de brigadier-chef ou vous préférez monter la garde devant ma porte jusqu'à la fin de votre carrière ?

— Et l'enquête sur le journaliste, je laisse tomber, Chef ?

— Vous en êtes où ?

— Je me suis renseigné, Chef ! J'ai découvert que cet homme avait une vie sentimentale assez agitée, il était ce que l'on appelle un cœur à prendre, dit-il, fier de sa formule.

— Et c'est tout ?

— Je continue, Chef ! Je retourne tout de suite… Euh non, je commence une autre enquête sur l'agent très spécial Miller.

— N'en faites pas trop, s'il vous plaît !

*

J'étais bloqué, dans une impasse. Je n'avais vraiment pas besoin de ça pour finir la semaine. La dernière annonce parue citait Ez. Google ne me renvoyait aucun résultat probant. Cependant, ma culture judéo-chrétienne, aussi modeste fût-elle, fut interpellée par cette abréviation. Sa structure même était constituée d'une lettre en capitale et d'une succession de chiffres, un peu à la manière d'un canon biblique. Il se pouvait qu'il s'agisse d'une référence aux textes de l'Ancien Testament. Plus précisément à Ezéchiel. Enfin, je me raccrochais à cet indice, de toute façon, je n'avais rien d'autre à me mettre sous la dent. Mais en quoi cela pouvait-il émouvoir la CIA ? Les outils d'investigation à ma disposition me permirent malgré tout de confirmer le rapprochement avec les écrits bibliques et ces prophéties. Assis sur mon bureau, faisant face à mon tableau, je relisais la déposition d'Anderson sans conviction, tout juste intrigué par la succession chronologique des annonces.

Quoi qu'il en soit, Anderson était donc bien sur une piste qui méritait a minima un peu d'intérêt de ma part. Dans tous les cas, l'affaire semblait bien trop dangereuse pour lui et sa petite amie.

Ce jeune couple prenait des risques sans le savoir. Mon devoir m'obligeait à les protéger, même à leur insu. Les seules pistes à ma disposition étaient l'adresse de leur domicile et celle de l'hôpital de Julie Caslaux. Ensuite, je devais m'assurer des intentions de Miller, comprendre ses motivations et savoir de quel côté il était vraiment.

Mais l'agent très spécial Miller était injoignable.

J'allais donc commencer par me rendre au domicile des deux tourtereaux. Mais auparavant l'heure sacrée du repas m'incita à passer par le restaurant chinois du coin. Attablé, une serviette chaude sur la nuque, je méditai sur cette affaire que je devais démêler. La retraite était prévue dans six mois et les emmerdes durant la même période. J'aimais mon métier, mais je crois que c'était lui qui ne m'appréciait plus. Mes collègues me surnommaient « Grincheux ». Je n'étais pas grincheux, je grinçais, c'était toute la différence. Mon arthrose avait décidé de me pourrir les derniers mois de ma vie professionnelle.

Je m'attardai sur cette ultime bouchée de rouleaux de printemps, tout en pensant à ce pauvre Chinois qui avait vu sa boutique partir en fumée.

J'étais maintenant le seul assis dans ce restaurant.

Une jeune femme tentait de passer la serpillière sous ma table et à travers mes pieds. Son sourire jaune et crispé me décida à suivre la première piste de mon enquête.

Lorsque j'arrivai au domicile de ce couple

d'inconscients, un homme pressé en habit sacerdotal me bouscula en descendant quatre à quatre les marches de l'escalier. Il ne s'excusa pas, à ma grande surprise. La porte n'était pas fermée à clef, je n'étais apparemment pas le premier à visiter l'appartement. Un capharnaüm régnait dans le minuscule deux-pièces. Soit ils ne connaissaient pas Ikea, soit je n'étais pas le premier à venir chercher des réponses. À tout hasard, je retournai sans succès les quelques tiroirs qui avaient échappé à cette fouille minutieuse.

Le bas de mon imperméable renversa une pile de papiers en équilibre sur la table de salon. Malgré le bazar de la pièce, instinctivement, je pris soin de les ramasser pour les remettre à leur place. Quelques brochures de voyage sur l'Italie, plus précisément sur la Toscane, en constituaient l'essentiel. La date du cachet de la poste mentionnait la semaine précédente. Pour un couple inquiet, cette envie de vacances précipitées sonnait faux. Sans piste probante, je pris la précaution de visiter les autres parties de l'appartement, c'est-à-dire la salle de bains et les toilettes. La première pièce fut la bonne. Le sol était maculé de sang et le rideau de douche cachait le corps d'un homme qui devait porter tellement Jésus dans son cœur qu'il avait trouvé le moyen d'avoir un crucifix planté dans le palpitant. Pour retrouver mes esprits, je me surpris à ironiser en pensant qu'il fallait être sacrément croyant pour se suicider de la sorte. L'assassin n'avait pas éprouvé le besoin de lui subtiliser son portefeuille, une attention à l'égard de mes services que je ne pouvais que saluer. Le « suicidé » était un journaliste indépendant répondant au nom de John Collins. Ironie du sort, le cœur à prendre était subitement devenu donneur d'organes. Pour ne pas perturber la scène de crime, je passai un coup de fil à la maison pour qu'elle envoie une équipe sur place. Quant à moi, je décidai de ne pas m'attarder sur place et d'aller faire un tour à l'hôpital de la Pitié Salpêtrière. Direction le 13e arrondissement.

Bien dommage que l'édifice ait été désacralisé, car au point de mon enquête, je me serais bien arrêté mettre un cierge à la chapelle Saint-Louis. Hélas pour moi, aujourd'hui ce lieu abritait des activités cultuelles et manifestations artistiques en tout genre. Il n'y avait que le grand orgue du XVIIIe siècle qui avait eu le droit de conserver ses tuyaux. Me concernant, un seul m'aurait suffi. Décidément, la musique et moi n'étions pas copains. À part mon patron, instrumentiste hors pair, je ne connaissais personne pour nous jouer du pipeau.

Le bureau des entrées de l'hôpital ne me réserva pas un accueil chaleureux, mais ma carte de police et mon insistance eurent raison des tentatives de dissuasion des employées en poste.

Quelques couloirs et étages plus tard, le service du personnel semblait aussi coopératif que celui des entrées. Ma patience s'érodait proportionnellement au nombre de niveaux que je gravissais.

> — Commissaire Giffard, je voudrais savoir si le docteur Julie Caslaux est actuellement ici, dis-je essoufflé en exhibant ma carte de police.
> — Vous voulez dire la doctoresse Caslaux, je présume. Vous êtes qui ? dégaina la chargée d'accueil avec un air gouailleur.
> — Pardon ? Je viens de vous décliner mon identité et de vous montrer mon insigne, faut vous l'écrire en plus ou dois-je vous envoyer un fax ? À défaut de rouler du cul, magnez-vous le popotin !
> — Vous voyez bien que je fais mille choses à la fois ! Et je vous prie de rester poli. Votre insigne ne vous donne pas tous les droits. Voyons voir, elle est en congé pour la semaine, voilà vous êtes satisfait ?

Je tournai les talons sans plus d'explication. Je sais, mon ex-femme m'aurait dit que j'étais incapable d'avoir bon caractère. D'ailleurs, c'était pour ça qu'elle était devenue mon ex-femme... Mais pas au cours d'une enquête qui piétine, il ne fallait pas trop m'en demander quand même !

*

Dès le lendemain, partant du principe que l'on apprend plus des élucubrations journalistiques que de nos enquêtes minutieuses, j'achetai un journal au kiosque situé à l'entrée de la station de métro Saint-Michel - Notre-Dame. Le grand titre avait de quoi faire froid dans le dos « Un journaliste assassiné en plein Paris ! ». Encore un de ces canards à sensations, prêts à tout pour vous soustraire quelques euros. Et pourtant, je dois bien l'admettre j'avais un cadavre sur les bras et pas n'importe quel macchabée, un journaliste, ce qui allait déchaîner les médias ! Le pigiste piétinait autant que moi, mais avançait des hypothèses intéressantes, faisant preuve d'imagination dans sa façon d'enquêter. La vie privée de la victime était largement détaillée dans les colonnes de l'article. Il avait passé au crible son passé de séminariste et sa détermination dans la recherche d'une vérité à travers ses retraites spirituelles. Il avait interrogé ses collègues, dont certaines langues lui avaient confié la fâcheuse habitude que celui-ci avait de mettre son nez partout, toujours en quête de vérité, toujours prêt à défendre la veuve et l'orphelin.

Cette dernière mission allait finir par mettre à mal mon avancement avant ma retraite. Au fur et à mesure de mes enquêtes, je trouvais mon bureau à la maison Poulaga de plus en plus étriqué. Son encombrement devait y être pour quelque chose ou bien c'était la vision de ma mission qui rapetissait. Gagner une misère pour en traiter une autre, il fallait faire des efforts quotidiens pour garder la foi dans le métier.

Cet espace partagé avec un collègue puait la clope et le café froid. J'étais dans une impasse, et sans le témoignage du couple Anderson, je risquais de trouver le temps long à tourner en rond autour de mon bureau. Pour sortir de cet univers malodorant, j'enfilai ma veste avec la ferme intention d'aller marcher, histoire de m'aérer les neurones.

« Notre vie vaut ce qu'elle nous a coûté d'efforts. »
François Mauriac

Chapitre 11

Paris, notre arrivée chez les poulets.

Paris me semblait tellement paisible en ce mois d'août, la circulation y était bien plus fluide que durant tout le reste de l'année. J'eus vite fait de rejoindre le quai des Orfèvres et de laisser ma voiture en double file, il ne faut pas espérer l'impossible quand même ! Je déposai Julie devant quelques boutiques quand bien même je savais qu'elle n'y entrerait pas. Il fallait maintenant tenter de rencontrer ce fameux commissaire dont Julie m'avait tant parlé. J'avais l'impression de pénétrer dans la gueule d'un loup. Mes poignets me démangeaient à l'approche de la porte d'entrée. Je n'avais jamais été fan des bracelets, surtout quand ceux-ci pouvaient entraver ma liberté. L'endroit mythique avait inspiré tant de films et de romans que je me faisais une idée plus soignée de l'intérieur de ce célèbre lieu. Je ne sais pas si le terme glauque convient. Toujours est-il que l'intérieur du bâtiment était aussi moche que l'extérieur était magnifique, mais cela ne semblait choquer personne. Tout ce petit monde au contraire semblait s'en contenter. Une fourmilière dont chaque fourmi portant un képi sur la tête s'affairait à une tâche connue d'elle seule. J'étais impressionné par l'utilisation minutieuse de l'argent du contribuable ! Les derniers services de la police judiciaire commençaient à déménager au Bastion pour intégrer la future cité judiciaire de Paris, porte de Clichy. Le ministère avait pris la précaution de conserver le numéro 36 pour ne pas trop perturber les neurones de ses effectifs. Les camions de déménagement empruntaient la rue pavée et remplaçaient petit à petit les paniers à salade. Je tentai de me faufiler à travers les cartons et palettes d'archives entassés près de la porte d'entrée pour trouver un point d'accueil, si on pouvait le nommer ainsi. Entre les déménageurs qui tentaient de trouver leur chemin, les dépôts de plaintes et le bureau des objets perdus, la file d'attente était longue et le planton de service semblait aussi perdu que moi. Pourtant la brigade criminelle, celle des stupéfiants et la brigade de recherche et d'intervention avaient déjà quitté les lieux. J'avais bien l'intention de tenter ma chance, nous n'avions pas traversé la France entière pour repartir sans parler à ce fameux commissaire dont Julie m'avait griffonné le nom sur un bout de papier.

— S'il vous plaît ? *C'était déjà dur de prononcer ces mots,* j'aimerais parler à Monsieur le Commissaire Giffard.

— Le commissaire est un homme très occupé. Faudra prendre rendez-vous.

— C'est urgent, mon ami a disparu en Italie.

— Il a un nom, cet ami ? Peut-être avait-il besoin d'air ?

— Oui et non.

— C'est oui ou c'est non ?

— Oui il a un nom, il se nomme Richard, Richard Anderson, et non il n'avait pas besoin d'air, il était avec sa future femme Julie Caslaux

— C'est bien ce que je dis, il avait peut-être besoin d'air.

— Mais puisque je vous dis… *ça devait être le képi qui bloquait son seul neurone !!!*

Un brigadier s'approcha de moi et fit signe au planton qu'il prenait le relais.

— Restez ici, je vais voir si le commissaire peut vous recevoir.

Le brigadier disparut dans les couloirs.

— Chef, vous sortez ? Un homme répondant au nom de Crowder vous attend dans le hall, il veut vous voir avant de partir.

— Connais pas, qu'il parte où il veut !

— Il dit qu'il part en Toscane avec Madame Caslaux. Il a prononcé le nom d'Anderson, alors j'ai pensé tout de suite...

— Retenez-le, coffrez-le s'il le faut. Je dois lui parler.

— Je le coffre pour quel motif, Chef ?

— Mais je n'en sais rien, stationnement interdit par exemple. Inventez ce que vous voulez, mais retenez-le, j'arrive.

— Ah bon, on peut coffrer quelqu'un pour un stationnement interdit ? Suis pas sûr qu'il l'entende comme ça.

— À quel carrefour souhaitez-vous être affecté ?

— J'y vais Chef, j'y vais tout de suite.

« On ne demande conseil que pour raconter ses ennuis. »
Jules Renard

Chapitre 12

Paris, dans mon bureau au 36.

— Je me présente, commissaire Giffard. Mon brigadier a entendu votre conversation avec le planton en bas, je vous emmène, suivez-moi. Je lui tendis la main, de l'autre, je lui montrai la direction de ma permanence.

Quelques minutes plus tard, l'individu était installé sur la seule chaise de mon bureau. Il paraissait assez mal à l'aise et plutôt nerveux. Il regardait tout autour de lui comme s'il cherchait une issue de secours.

— Excusez-moi de vous déranger. Anderson, ça vous rappelle quelqu'un ?
— Pour sûr, nous le cherchons partout. Et à qui ai-je l'honneur ?
— Moi aussi, nous avons un point commun, alors. Richard a disparu en Italie après avoir séjourné dans un monastère.

— Quelle idée ! Et lequel est-ce ?

— Le monastère San Francesco Frogollini, en Toscane.

— C'est le dernier endroit où je l'aurais cherché, à vrai dire. Vous n'avez pas répondu à ma question, me semble-t-il ?

— Moi aussi, mais c'est sa compagne qui m'a averti. Je l'ai vue débarquer chez moi en pleine nuit, affolée et en larmes. Elle m'a raconté leurs découvertes et vos interrogatoires.

— Permettez-moi d'insister.

— David Crowder, disons un ami de la famille.

— Reprenez votre calme, Monsieur Crowder. Maintenant que nous avons retrouvé sa piste, nous allons vous le récupérer, votre ami, car nous avons plein de questions à lui poser. Sachez qu'il s'est mis dans de sales draps.

— C'est quoi ce truc ?

— Ce truc comme vous dites, c'est le plus gros merdier qu'il m'ait été donné de démêler, et juste avant la retraite ! Mais je ne peux pas vous en dire davantage. C'est vous qui allez me raconter ce que vous savez. Avant de commencer, vous ne connaissiez pas un journaliste répondant au nom de John Collins ?

— Moi ? Non, ça ne me dit rien. Pourquoi, qu'a-t-il fait celui-là ?

— Rien, il a juste manqué de savoir-vivre. Allez-y, racontez-moi ce que vous savez sur les Anderson.

Le monologue de mon interlocuteur s'éternisait et j'allais rater l'enterrement du journaliste. Je prenais des notes, il n'était pas question de l'interrompre. Je le remerciai de son témoignage et l'invitai à sortir du poulailler sans espoir de solution immédiate.

— Il faut que je parte, conclus-je.

— Vous avez déjà une piste ?

— Non, rien dont je puisse vous entretenir.

— Ah bon ! Bien alors, où allez-vous ?

— Vous êtes bien indiscret ! Je vais à un enterrement d'une vie de garçon.

— C'est la fête, alors !

— Pas vraiment, on l'a retrouvé mort dans une baignoire.

— Ah mince, c'était au sens propre. Désolé. Assassinat, suicide ou mort naturelle ?

— Assassiné, mort et là au sens propre.

— Vous êtes salement emmerdé.

— Je vous en prie. Je me sens suffisamment responsable.

— De quoi ? Vous ne le connaissiez pas

— J'aurais dû comprendre bien plus tôt.

— Vous avez compris, alors ?

— Non, pas encore.

— Il n'est jamais trop tard.

— Pour lui, si. Tenez, prenez ma carte, des fois qu'un élément vous revienne en mémoire. Au revoir, monsieur Crowder.

— Tenez, je vous laisse mes notes sur le sujet. Je vous ai tout consigné dans ce carnet.

Trente pages de témoignage pour un homme qui venait demander l'aide de la police, c'était du jamais vu. À peine avait-il quitté la pièce que je téléphonai au central pour demander une enquête sur cet individu à l'allure de soixante-huitard attardé. Ces cheveux longs, cette chemise cravatée, cachée sous une veste de costume de tweed lui donnait l'allure d'un homme qui cachait sa personnalité, voire son passé. Le résultat ne se fit pas attendre. Le type était connu de nos services. Il avait été soupçonné de trafic de LSD. Sans preuve, il avait été mis hors de cause quand l'enquête avait officiellement conclu à une intoxication à l'ergotine. Mais moi, on ne me l'enlèvera pas de l'idée, depuis cette sombre affaire, l'homme n'arrêtait plus d'écrire. Il noircissait des pages et des pages, et faire des lignes pour un junkie, il y avait de quoi s'interroger…

*

Les funérailles du journaliste avaient été vite bâclées malgré une foule constituée de professionnels de la radio et de la presse écrite.

La circulation était intense sur le périphérique parisien, mais rien de bien différent au fond des autres jours. Ma fonction m'obligeant à circuler dans une voiture banalisée, je n'avais pas lieu de sortir le gyrophare de la boîte à gants. Il aurait été le bienvenu pourtant, mais je détestais l'utiliser sans raison fondée.

À peine étais-je arrivé à mon domicile que Crowder me téléphona.

— Je ne vous ai pas laissé ma carte pour rien, Monsieur Crowder, vous avez oublié de me dire quelque chose ?
— J'étais venu pour déposer plainte, j'ai oublié. Avez-vous trouvé des pistes à cet enterrement ?
— Non, je n'y allais pas pour ça. Concernant votre plainte, je ne suis pas sûr que ce soit la meilleure solution. La discrétion reste parfois la meilleure stratégie. Vous devriez me laisser faire mon boulot, maintenant. Monsieur Crowder, un conseil, arrêtez de

mettre votre nez dans cette affaire. Je gère !

*

Que gérais-je ? Rien, tout au plus mes doutes. Pour résumer, j'avais sur les bras Miller, ce Ricain parachuté par la CIA, ce David Crowder qui, surgissant au 36, était venu me raconter la disparition de son ami, quelques journaux avec leurs annonces douteuses et j'allais oublier, un journaliste six pieds sous terre.

J'avais beau tourner dans ma tête l'ensemble des éléments de cette affaire, je n'y voyais pas beaucoup plus clair. Même en reprenant les éléments un par un, la nuit allait être longue et les jours suivants peut-être aussi….

« Les miroirs feraient bien de réfléchir un peu plus avant de renvoyer les images. »
Jean Cocteau

Chapitre 13

Paris, 1er arrondissement, avec cette malheureuse Julie en vrac.

La Seine berçait sur ses flots les amoureux venus visiter le Paris romantique. Je retrouvai Julie sur le pont Saint-Michel où elle m'attendait en les regardant passer avec envie et nostalgie. Elle était tellement anxieuse et à bout de nerfs que je lui avais conseillé de ne pas m'accompagner. La météo était bonne, le va-et-vient des péniches suffisant pour la distraire, mais je perçus à son regard que ces balades fluviales lui donnaient plus de vague à l'âme que d'apaisement. Ce n'était pas ça qu'elle était venue chercher. Elle attendait mon retour avec impatience.

Son sourire s'envola dès qu'elle aperçut mon visage fermé. Elle comprit aussitôt que les nouvelles n'étaient pas bonnes. Elle pressa le pas pour venir à ma rencontre, jetant les restes de pain aux pigeons qui roucoulaient autour d'elle.

— Alors David, qu'as-tu appris ? A-t-il des nouvelles de Richard ?

— Rien, j'ai rencontré un commissaire, mais il ne m'a rien appris.

— Tu as bien demandé à voir le commissaire Giffard ?

— Oui, c'est lui que j'ai rencontré.

— Et alors, il ne t'a rien dit ?

— Il m'a interrogé et puis c'est tout.

— Comment ça, c'est tout ? Tu lui as posé des questions au moins ?

— Attends, bien sûr que je lui ai posé des questions, enfin, j'ai essayé, mais il n'a pas l'air facile. J'ai déjà fait un effort surhumain pour entrer chez les flics, qu'est-ce que tu crois ! Il ne m'a pas laissé beaucoup le loisir de m'exprimer. Parfois, il écarquillait des yeux qui lui donnaient un air de hibou effrayé. J'en suis sorti un peu avec le même sentiment que si j'étais sorti d'un confessionnal. Il ne semble pas très rassuré par cette enquête.

— Quelle enquête ?

— Ils ont un macchabée sur les bras et de plus, un journaliste !

— Quel rapport avec la disparition de Richard ?

— Il ne sait pas encore, mais il est certain que le rapport existe. *Je n'arrivais pas à lui dire.*

— Il s'appelle comment, ce type ?

— Jean Colin ou Collins, quelque chose comme ça.

— John Collins ? Bon Dieu !

Je crus que Julie allait se trouver mal et basculer par-dessus le parapet du pont. Son visage devint livide, comme si je venais de lui apprendre la mort de Richard. Les passants commençaient à ralentir. Les plus téméraires me jetaient des regards comme si j'étais un mari maltraitant sa femme, les autres, en fait, je ne souhaite même pas vous en parler…

— Tu en fais une tête ! Tu le connaissais ?

— Oui et non, mais je crois bien que c'est le nom du journaliste qui est venu interroger Richard à l'hôpital. Ils l'ont trouvé où ?

J'aurais préféré ne pas répondre, mais elle me regardait droit dans les yeux attendant une réponse.

— Ne tente pas d'éluder ma question, David ! Je vois bien que tu es gêné, de plus tu ne sais pas mentir, alors accouche !

— Un crucifix planté dans le cœur et dans une baignoire. Dans votre baignoire. Il était chez vous dans votre appartement.

Mes explications étaient sorties d'un trait. Je ressentais un mélange de culpabilité et de soulagement. Julie, elle par contre , s'effondra sur le trottoir. Un attroupement de touristes commença à se former autour de moi. Certains me lançaient un regard accusateur, comme si j'y étais pour quelque chose. Je pris Julie par le bras et l'aidai à se relever.

— Je te ramène chez moi.
— Je veux passer chez nous pour récupérer ce qui peut l'être encore.
— Je ne te l'ai pas dit, mais c'est impossible, les scellés sont posés sur votre logement. Tu ne pourras pas y accéder.

La crise de larmes reprit de plus belle, ainsi que les commentaires de cette poignée de retardataires qui avaient une raison de ne pas arriver à l'heure à leurs boulots.

— Mes cauchemars auraient-ils été mes meilleurs moments ? J'en viens à me poser la question. C'est triste, mais tellement évident aujourd'hui. Richard et moi sommes parvenus à surmonter une épreuve et de nouveau, nous sommes plongés dans une galère digne d'un péplum de Cecil B. DeMille. À croire que nous sommes destinés à ramer.

— Reste forte, ma p'tite Julie !

— Je sais, je devrais être forte et ne pas laisser transparaître mes angoisses, mais je suis tellement inquiète et à bout de nerfs.

— Allez viens, on va marcher un peu. On va éclaircir tout ça. Giffard m'a l'air complètement investi dans sa mission.

Enfin, c'est ce dont j'essayais de me persuader, autant que je tentais de remonter le moral de ma protégée. Julie marchait à mes côtés sans relever la tête, sans dire un mot. À peine prenait-elle le temps de respirer. Un joli brin de fille, mais vidée de la moitié de son âme. L'autre partie était quelque part en Toscane, otage d'une bande de fanatiques de je ne sais quoi, adorateurs de je ne sais qui. Je commençais moi aussi à avoir le bourdon, à croire qu'il était contagieux. Après deux bonnes heures de marche et quelques mots à peine susurrés, nous nous retrouvâmes devant mon véhicule sur lequel un joli papillon avait trouvé bon de se poser.

*

J'avais enfin passé le péage de Saint-Arnoult

depuis quelques heures et je pouvais commencer à ouvrir les fenêtres pour respirer un peu d'air frais. Reprendre contact avec la nature allait nous faire le plus grand bien. La température commençait à baisser. Vitres ouvertes, la vitesse m'apportait un peu de fraîcheur. Quitter Paris était douloureux pour Julie, elle avait le sentiment d'abandonner tout espoir de retrouver son compagnon. La route s'étirait lentement, la circulation était encore intense en cette période de vacances et j'avais eu la mauvaise idée de m'installer en pleine Provence, destination prisée en cette période estivale.

Avant de quitter mon domicile, nous avions pris le soin de confier les chiens à un voisin. Les récupérer lui redonnerait un peu de baume au cœur, mais la connaissant ce serait de courte durée. Julie dormait d'un sommeil agité, quant à moi c'est vitres ouvertes que je finissais les derniers kilomètres, profitant des parfums que m'offrait ma Provence.

*

Silencieuse, soucieuse, son moral baissait de jour en jour. Une semaine déjà que Julie tournait en rond chez moi. L'expression de son visage parlait pour elle. Souvent perdue dans ses pensées, nos seuls sujets de conversations concernaient son inquiétude sur le déroulement de l'enquête de Giffard. Nous étions sans nouvelles. L'absence de Richard lui était douloureuse et le temps inexorablement s'égrenait à travers le mouvement du balancier de l'horloge de parquet Pourtant le temps était ô combien précieux pour retrouver Richard vivant ! Elle tentait malgré tout de se rendre utile, même si ses initiatives n'étaient pas toujours heureuses.

— J'ai mis une touche de féminité dans ton logement, me lança-t-elle avec un sourire qui tentait de dissimuler sa tristesse quotidienne.

Une lueur d'espoir, vite éteinte, dirigea mon regard sur le fer à repasser et la pile de linge qui me tendait les bras. Je craignais le pire et j'avais raison. Mes plants de cannabis en fleurs trônaient dans un vase sur la table du salon.

— Je ne pouvais pas rêver mieux, me surpris-je à dire.

En fait, j'allais surtout me passer de mes voyages les plus fous.

Ses talents de jardinier furent vite remisés et le sécateur confisqué.

Julie dormait tard, signe d'une profonde fatigue.

Comme chaque matin, il lui fallait des heures pour retrouver le sourire.

— Je suis affreuse, le temps est une mesure inventée par l'homme pour me faire accepter tous les jours que mon corps fout le camp.

— Tu as le moral ce matin, c'est bien tu progresses !

— Le miroir est une invention complémentaire permettant d'en mesurer les effets, ajouta-t-elle.

— C'est une bonne journée qui commence, dis-je en faisant la moue. Nous aurons peut-être des nouvelles aujourd'hui de notre commissaire.

— Tu me dis ça tous les jours. Si l'espoir fait vivre, il ne ressuscite pas les morts, répliqua-t-elle en se servant un café.

— Bon, bien, je vais en prendre un, moi aussi !

*

Il suffisait d'en parler, mon téléphone sonna. Anxieusement, je me précipitai pour le décrocher. Peu de personnes avaient mon numéro et celui qui s'affichait ne faisait pas partie de mon répertoire. J'activai machinalement le haut-parleur.

— Giffard à l'appareil, avez-vous des nouvelles d'Anderson ?

— Vous ne croyez pas que c'est vous qui devriez nous en donner ? En plus, comment avez-vous eu mon numéro ?

— Je suis flic, ça devrait vous suffire comme explication.

— Ça suffit, cria Julie en m'arrachant le téléphone des mains, allez-vous faire foutre avec votre enquête, moi je vais faire la mienne, cria-t-elle dans le combiné, puis elle raccrocha.

— Il faut que nous partions, nous serons plus utiles sur place, au moins peut-être arriverons-nous à trouver une piste. Si nous attendons que l'enquête aboutisse, c'est un deuxième cadavre que nous allons retrouver.

— Tu as sans doute raison, d'ailleurs mes bagages sont déjà prêts. J'attendais seulement ta décision, la mienne est déjà prise.

Le téléphone sonna de nouveau.

— C'est encore Giffard, éloignez-vous de cette furie, j'ai à vous parler.

— Comprenez-la, elle est très inquiète, à bout
de nerfs même.

— Contrairement à ce qu'elle croit, nous
avançons, et votre présence risque de
mettre à mal nos investigations.

— Vous ne nous apportez pas beaucoup
d'espoir, soit je l'accompagne, soit elle
part seule.

— Je viens avec vous, alors. De toute façon,
j'avais l'intention de me rendre sur place.

— Comme vous voudrez.

*

Dès le lendemain, Giffard débarqua à la maison
avec une ribambelle de valises toutes plus grosses
les unes que les autres. Elles ne semblaient pas
l'encombrer le moins du monde. Il m'en tendit
deux, les plus lourdes, j'en suis sûr, et se contenta
de prendre les quatre autres. J'avais préparé du
mieux que je pouvais la chambre contiguë à la
grange. Un petit air de campagne ne pouvait pas lui
faire de mal. J'avais pris soin de jeter les fleurs de
cannabis que Julie y avait installées. Pressentant
notre départ, j'avais fait le plein de carburant de
mon combi VW car Giffard ou pas, nous avions
décidé de partir au plus tôt. Une fois installé,
l'homme réapparut dans notre séjour avec une

vague idée qu'un bon repas serait le bienvenu. Nous refîmes les présentations, et surtout le cheminement de ce malheureux quiproquo qui jetait le discrédit sur l'honnêteté de Richard. Derrière son air bourru, l'homme était sensible au désarroi de Julie et il nous expliqua les détails de son enquête. Déterminé à en finir, il nous confirma son désir de partir sur place et d'élucider au plus vite cette affaire.

« Jamais pendant le service » : Giffard ne devait pas connaître l'expression…. Peut-être n'avait-il pas regardé Derrick ou Columbo à la télévision, ce que j'étais tout prêt à lui pardonner. Le troisième verre fut le déclencheur d'une liberté de paroles. Comme quoi le secret professionnel tient à peu de choses….

— Alors commissaire, quand je vous ai rencontré dans votre bureau vous m'avez parlé du plus gros merdier que vous n'ayez jamais rencontré, de quoi vouliez-vous parler ?

— Vous nous avez dit avoir avancé sur la disparition de Richard, avez-vous des éléments rassurants ? ajouta Julie.

— J'ai réfléchi. Longuement réfléchi, dit-il en regardant son verre comme si la réponse était au fond.

— Vous nous rassurez, ironisa Julie.

D'un geste de la main, je lui fis signe de le laisser parler.

— Une piste m'a permis d'avancer, une seule. Et je ne la tiens pas de nos services, mais de ma culture judéo-chrétienne, aussi modeste soit-elle. Comme quoi aller au catéchisme quand on est minot ne se limite pas à finir sur les genoux du curé...

— Ouais, ne confondons pas les sujets. Quels sont donc ces fameux indices que votre curé a bien voulu vous enseigner ? ironisa Julie.

Une nouvelle fois, je l'intimai de ne pas intervenir.

— D'abord, la structure des annonces. PA ne veut pas dire « Petites Annonces », mais Prophétie de l'Apocalypse. J'ai enquêté en partant de cette hypothèse et j'ai découvert que bien que les annonces aient été postées depuis des lieux différents, le compte bancaire payeur, autrement dit le commanditaire, n'était autre que le journal « La Croix libérée ».

Nous étions dubitatifs. Mais s'il nous livrait ces informations avec autant de conviction, nous ne pouvions qu'être inquiets pour notre copain.

— Ce ne sont que vos suppositions ? s'enquit Julie.

— Si l'annonce cite « Ez », il se peut qu'elle fasse référence aux textes de l'Ancien Testament et plus particulièrement aux écrits d'Ezéchiel. Toutes semblent donc converger vers les prophéties de l'Apocalypse. Et donc l'annonce du retour de Dieu.

— Et il y en a beaucoup comme ça ? demanda Julie.

— Elles sont au nombre de 14, compléta Giffard. Nous devrions arriver bientôt à la neuvième.

— Et sans vouloir abuser de votre bonté, elle consiste en quoi ?

Giffard hésita, regarda une nouvelle fois son verre comme si le peu de liquide qu'il contenait ne saurait être suffisant pour étancher notre soif de vérité.

— Vous ne faites pas un métier facile commissaire. Un petit dernier ? lui proposai-je.

— Sans vous commander, je veux bien.

Il prit le temps de regarder à travers son verre la couleur ambrée de son malt et le but d'un trait. Moi, je commençais à plaindre ma bouteille que je ne sortais que pour les grandes occasions. Pensif, il s'arrêta de parler un moment et se leva pour se planter devant la baie vitrée. Trop tôt pour la saison, les mouches ne se mirent pas à voler.

— Croyez-vous que la paix puisse émerger du chaos ?

— Je pense plutôt que la paix peut engendrer le chaos.

— Arrêtez de me servir à boire, je n'arrive plus à réfléchir.

— Ça fait un moment que vous n'attendez plus que je vous serve, commissaire. Mais si nous en revenions à notre sujet, en quoi cela peut-il émouvoir la CIA ?

— Le projet Blue Beam, ça vous dit quelque chose? se décida-t-il à dire.

— Non rien, c'est quoi encore cette embrouille ?

— Même si à ce stade je ne suis pas sûr de la corrélation, il se peut qu'un projet parallèle puisse mettre à mal le projet Blue Beam.

— J'ai l'impression d'avoir dormi trop longtemps et de me réveiller dans un autre monde, avoua Julie.

— Un bad trip ajouta David. Euh, je voulais dire un cauchemar, commissaire.

— C'est ça le fameux merdier dont vous parliez tous les deux ? demanda Julie.

personnes dans un état de ravissement quasi extatique. L'évènement le plus important et le plus attendu depuis près de 2000 ans, vous en rendez-vous compte ? Ce son provenant de l'espace et ces animations virtuelles mêleront réalité et illusion. Ils deviendront les témoins du retour de leur sauveur. Ensuite les projections de Jésus, Mohammed, Bouddha, Krishna, appelez-le comme vous voulez, se fondront en une seule figure. Cette divinité unique sera l'Antéchrist qui expliquera que les différentes écritures sacrées ont été mal interprétées et incomprises, et que les vieilles religions sont responsables d'avoir dressé l'homme contre l'homme. Et ça tombe plutôt bien, car c'est exactement le cas. Par exemple la naissance du Christ, située dans le Nouveau Testament le 25 décembre, n'a rien à voir avec la célébration romaine du « Soleil invaincu ». Encore une fois, le but sera de créer un désordre social, politique, culturel et de surcroît religieux. Semer le doute et insinuer que toutes les informations ont été manipulées et cachées au monde, voilà la motivation de cette phase. La troisième étape conjuguera la télépathie avec l'électronique. À noter que

— Ce projet technologique viserait à tromper les individus par une mystification à l'échelle mondiale. Réservée jusqu'ici aux adeptes de la thèse conspirationniste, elle commence à inquiéter au plus haut niveau de l'État.

— Ça consiste en quoi ?

— Les Soviétiques et les Américains auraient, après des recherches intensives, constitué de gigantesques bases de données relatives aux particularités physio-psychologiques en incluant les langues, programmes religieux de type messianique et dialectes de toutes les cultures mondiales. Et tout ça dans le but de les véhiculer par relais satellites à des individus sous hypnose.

— Ah, quand même ! m'exclamai-je. Je vais peut-être vous accompagner, dis-je en me servant un verre.

— Quoi ? Moi, je ne comprends rien, se désespéra Julie.

— Vous savez, avec ce truc, il y aurait de quoi écrire un livre, une sacrée histoire avec vous deux en héros ! Trêve de plaisanterie, je vais vous expliquer lentement et ne voyez aucune ironie dans mes propos ou de corrélation avec la couleur de vos cheveux, Julie.

— Ne fais pas de commentaires, Crowder !
lâcha Julie avec un regard qui aurait
nécessité un port d'armes.

Giffard prit sa respiration et commença ses
explications.

— Le projet technologique « Blue Beam »
viserait à tromper les individus par une
mystification de pointe en créant un
simulacre à l'échelle mondiale. Je vais
vous en faire un résumé le plus synthétique
possible. Ce projet serait divisé en quatre
phases.
— Serait ? Vous parlez au conditionnel ?
s'étonna Julie.
— Personne n'a réellement de preuves de son
existence, cependant suffisamment
d'éléments probants me permettent de
penser que le projet est en route. Quoi que
l'on en pense, la première phase consiste à
falsifier l'information. Convaincre tous les
peuples que leurs enseignements ont été
mal interprétés et détournés depuis des
siècles, provoquant ainsi l'effondrement de
toutes les connaissances archéologiques,
religieuses et scientifiques. Il s'agit d'une
phase de préparation psychologique. La
seconde phase du plan concerne une
immense mise en scène projetée à travers

le monde à l'aide d'hologrammes optiques
et sonores en trois dimensions. Un vrai
show spatial, à l'américaine, où chacun
recevra une image en accord avec la foi
dominante de son pays et dans sa propre
langue. Vous savez qu'un homme politique
a déjà osé faire campagne en se dupliquant
aux quatre coins de la France, lors des
dernières élections présidentielles, eh bien
là, c'est pareil, mais en plus grand !
— Comment vont-ils faire ça, c'est
impossible !
— Vous oubliez que les États ont des années
d'avance sur la technologie civile. Un
gigantesque réseau de satellites
géostationnaires vous surveille à une
centaine de kilomètres au-dessus de nos
têtes.
— Et dans quel but cette mascarade ?
— Ces images holographiques seront utilisé
pour simuler la fin du monde. Les peupl
seront témoins de scènes représentant
prophéties et les évènements que chacu
imaginés d'après sa culture. Le but de
représentations scéniques sera de
apparaître aux yeux du monde
« nouveau Christ ». Le projet Blue
disposera d'un stratagème si perfec
qu'il plongera un nombre considéra

les systèmes d'émission et de réception, je pense particulièrement aux ondes ELF, VLF et LF, peuvent atteindre chaque personne à l'intérieur de sa conscience.

— Je ne comprends rien à vos sigles, moi, à part EDF-GDF ! s'exclama Julie.

— Quels sont leurs effets ? demanda David

— Elles peuvent persuader l'individu que c'est son propre dieu qui lui parle depuis les profondeurs de son âme. De tels rayonnements envoyés par les satellites peuvent s'entremêler avec la pensée pour former ce que l'on appelle la pensée artificielle diffuse. Des expérimentations ont déjà eu lieu dans différents pays. La quatrième et dernière phase concernera des manifestations surnaturelles. Cette phase comportera trois leurres différents. Le premier consistera à faire croire aux êtres humains qu'une invasion extraterrestre va survenir dans chaque grande ville du monde. Le second leurre sera de faire croire aux chrétiens qu'un merveilleux évènement va survenir sous la forme d'une intervention extraterrestre bénéfique dans le but de protéger les terriens d'un démon sans pitié. Objectif ? Rassembler d'un seul coup tous les opposants à l'ordre mondial juste avant le début du spectacle céleste. Le troisième point de cette quatrième phase est l'usage global de tous les moyens de communication moderne pour diffuser des ondes visant à déstabiliser psychiquement les populations au moyen d'hallucinations individuelles et collectives. Ensuite, la population mondiale sera prête à accueillir le nouveau messie. Les peuples supplieront le rétablissement de l'ordre et de la paix à n'importe quel prix, mais surtout au prix de notre liberté individuelle. Une unité artificielle des peuples permettra de régler les problèmes urgents, lesquels ont été inventés dans le seul but de les démentir.

— Et ça sert à qui, tout ce bordel ?

— À une bande de malades composée d'une tripotée de « grands-prêtres » et de technocrates se réclamant du nom de Dieu à contrôler la terre. Cette dictature contrôlera tous les habitants et aura tout loisir d'exploiter les ressources de la planète. Nous ne sommes pas sûrs qu'il y ait une corrélation entre les deux projets plutôt un télescopage, d'où un conflit entre deux puissances, l'une religieuse, l'autre politique.

— En quelque sorte, les cathodiques contre les catholiques !

— Vous puisez votre inspiration dans la
  fumée de quelle cigarette monsieur David
  Crowder ?

Même si ma tentative de détendre l'atmosphère
était loupée, je ne voulais pas relever. Ces
explications nous avaient laissés sans voix. Le
silence régnait dans la pièce. Giffard demanda un
verre d'eau. J'avais la bouche aussi sèche que lui,
mais pas pour les mêmes raisons. Julie pleurait,
mesurant la distance qui l'éloignait de plus en plus
de Richard. Moi, dubitatif, je préférai finir la soirée
à regarder les étoiles filantes.

*

Dès potron-minet, l'air frais et dispos, le fin
limier nous attendait, valises à la main. Nous, nous
avions encore la gueule de bois après avoir entendu
les explications de la veille. À moins que ce ne fût
l'abus d'alcool, ou les deux !

— On ne va pas loger tous nos bagages dans
  ma voiture. De plus, je ne peux pas sortir
  de France avec mon véhicule de service,
  déclara Giffard.

— Le mien est prêt, dis-je en faisant coulisser la porte de la grange qui me servait de garage.

Giffard, dépité, haussa les épaules et secoua la tête en voyant les fleurs peintes sur la carrosserie de mon véhicule.

— Vous ne croyez quand même pas que je vais monter là-dedans, vous n'auriez pas un véhicule plus discret ? La période flower power est terminée depuis longtemps ! Votre van hippie devrait trouver sa place dans les musées ou mieux, à la casse !

Julie eut un petit sourire en coin. Je ne relevai pas et m'installai au volant en maugréant.

Nous prîmes la route en direction de la Toscane. Julie avait une très bonne mémoire visuelle et dès que nous eûmes franchi la frontière italienne, elle nous décrivit les éléments pittoresques du paysage avant même de les apercevoir. Ce nouveau départ lui redonna courage, espoir et toute la vitalité nécessaire pour affronter les épreuves à venir. Elle allait en avoir besoin. Giffard, lui, râlait, se plaignant du confort de mon véhicule.

Personnellement, je découvrais la Toscane. Aveuglé par tant de beauté, je buvais ces paysages

— Ce projet technologique viserait à tromper les individus par une mystification à l'échelle mondiale. Réservée jusqu'ici aux adeptes de la thèse conspirationniste, elle commence à inquiéter au plus haut niveau de l'État.

— Ça consiste en quoi ?

— Les Soviétiques et les Américains auraient, après des recherches intensives, constitué de gigantesques bases de données relatives aux particularités physio-psychologiques en incluant les langues, programmes religieux de type messianique et dialectes de toutes les cultures mondiales. Et tout ça dans le but de les véhiculer par relais satellites à des individus sous hypnose.

— Ah, quand même ! m'exclamai-je. Je vais peut-être vous accompagner, dis-je en me servant un verre.

— Quoi ? Moi, je ne comprends rien, se désespéra Julie.

— Vous savez, avec ce truc, il y aurait de quoi écrire un livre, une sacrée histoire avec vous deux en héros ! Trêve de plaisanterie, je vais vous expliquer lentement et ne voyez aucune ironie dans mes propos ou de corrélation avec la couleur de vos cheveux, Julie.

— Ne fais pas de commentaires, Crowder !
lâcha Julie avec un regard qui aurait
nécessité un port d'armes.

Giffard prit sa respiration et commença ses
explications.

— Le projet technologique « Blue Beam »
viserait à tromper les individus par une
mystification de pointe en créant un
simulacre à l'échelle mondiale. Je vais
vous en faire un résumé le plus synthétique
possible. Ce projet serait divisé en quatre
phases.

— Serait ? Vous parlez au conditionnel ?
s'étonna Julie.

— Personne n'a réellement de preuves de son
existence, cependant suffisamment
d'éléments probants me permettent de
penser que le projet est en route. Quoi que
l'on en pense, la première phase consiste à
falsifier l'information. Convaincre tous les
peuples que leurs enseignements ont été
mal interprétés et détournés depuis des
siècles, provoquant ainsi l'effondrement de
toutes les connaissances archéologiques,
religieuses et scientifiques. Il s'agit d'une
phase de préparation psychologique. La
seconde phase du plan concerne une
immense mise en scène projetée à travers

le monde à l'aide d'hologrammes optiques et sonores en trois dimensions. Un vrai show spatial, à l'américaine, où chacun recevra une image en accord avec la foi dominante de son pays et dans sa propre langue. Vous savez qu'un homme politique a déjà osé faire campagne en se dupliquant aux quatre coins de la France, lors des dernières élections présidentielles, eh bien là, c'est pareil, mais en plus grand !

— Comment vont-ils faire ça, c'est impossible !

— Vous oubliez que les États ont des années d'avance sur la technologie civile. Un gigantesque réseau de satellites géostationnaires vous surveille à une centaine de kilomètres au-dessus de nos têtes.

— Et dans quel but cette mascarade ?

— Ces images holographiques seront utilisées pour simuler la fin du monde. Les peuples seront témoins de scènes représentant les prophéties et les évènements que chacun a imaginés d'après sa culture. Le but de ces représentations scéniques sera de faire apparaître aux yeux du monde un « nouveau Christ ». Le projet Blue Beam disposera d'un stratagème si perfectionné qu'il plongera un nombre considérable de personnes dans un état de ravissement quasi extatique. L'évènement le plus important et le plus attendu depuis près de 2000 ans, vous en rendez-vous compte ? Ce son provenant de l'espace et ces animations virtuelles mêleront réalité et illusion. Ils deviendront les témoins du retour de leur sauveur. Ensuite les projections de Jésus, Mohammed, Bouddha, Krishna, appelez-le comme vous voulez, se fondront en une seule figure. Cette divinité unique sera l'Antéchrist qui expliquera que les différentes écritures sacrées ont été mal interprétées et incomprises, et que les vieilles religions sont responsables d'avoir dressé l'homme contre l'homme. Et ça tombe plutôt bien, car c'est exactement le cas. Par exemple la naissance du Christ, située dans le Nouveau Testament le 25 décembre, n'a rien à voir avec la célébration romaine du « Soleil invaincu ». Encore une fois, le but sera de créer un désordre social, politique, culturel et de surcroît religieux. Semer le doute et insinuer que toutes les informations ont été manipulées et cachées au monde, voilà la motivation de cette phase. La troisième étape conjuguera la télépathie avec l'électronique. À noter que

— Vous puisez votre inspiration dans la fumée de quelle cigarette monsieur David Crowder ?

Même si ma tentative de détendre l'atmosphère était loupée, je ne voulais pas relever. Ces explications nous avaient laissés sans voix. Le silence régnait dans la pièce. Giffard demanda un verre d'eau. J'avais la bouche aussi sèche que lui, mais pas pour les mêmes raisons. Julie pleurait, mesurant la distance qui l'éloignait de plus en plus de Richard. Moi, dubitatif, je préférai finir la soirée à regarder les étoiles filantes.

*

Dès potron-minet, l'air frais et dispos, le fin limier nous attendait, valises à la main. Nous, nous avions encore la gueule de bois après avoir entendu les explications de la veille. À moins que ce ne fût l'abus d'alcool, ou les deux !

— On ne va pas loger tous nos bagages dans ma voiture. De plus, je ne peux pas sortir de France avec mon véhicule de service, déclara Giffard.

— Le mien est prêt, dis-je en faisant coulisser la porte de la grange qui me servait de garage.

Giffard, dépité, haussa les épaules et secoua la tête en voyant les fleurs peintes sur la carrosserie de mon véhicule.

— Vous ne croyez quand même pas que je vais monter là-dedans, vous n'auriez pas un véhicule plus discret ? La période flower power est terminée depuis longtemps ! Votre van hippie devrait trouver sa place dans les musées ou mieux, à la casse !

Julie eut un petit sourire en coin. Je ne relevai pas et m'installai au volant en maugréant.

Nous prîmes la route en direction de la Toscane. Julie avait une très bonne mémoire visuelle et dès que nous eûmes franchi la frontière italienne, elle nous décrivit les éléments pittoresques du paysage avant même de les apercevoir. Ce nouveau départ lui redonna courage, espoir et toute la vitalité nécessaire pour affronter les épreuves à venir. Elle allait en avoir besoin. Giffard, lui, râlait, se plaignant du confort de mon véhicule.

Personnellement, je découvrais la Toscane. Aveuglé par tant de beauté, je buvais ces paysages comme un œnologue goûte un vin rare. Ses collines verdoyantes et ses routes bordées de cyprès se dévoilaient à chaque virage. L'heure tardive avait incité les touristes à remettre au lendemain leur soif de découvertes. Encore quelques heures de route pour profiter pleinement des paysages et ce serait bientôt à notre tour de nous arrêter.

Assis à l'arrière du combi, Giffard n'était pas très volubile. Julie, elle, en copilote attentive mariait indications directionnelles et anecdotes vécues lors de son premier voyage avec Richard. J'avais mal pour elle, et décidai de prendre un itinéraire différent que celui qu'ils avaient emprunté lors de leur premier séjour afin qu'elle ne revécût pas les mêmes moments aux mêmes endroits.

Le combi en avait plein les pneus, son chauffeur aussi. La frontière italienne passée, une première halte n'allait pas être un luxe, tant pour moi que pour mon véhicule chéri.

San Gimignano s'annonçait à quelques kilomètres, le radiateur m'avisait de sa lassitude à sa façon en me faisant des signaux de fumée. Un des deux allait lâcher, cette route interminable ou le moteur. Giffard ronchonnait. Au point où j'en étais, je misai sur l'asphalte. De toute façon, je n'avais pas vraiment le choix.

Niché dans la campagne toscane, ce petit village

de la province de Sienne était entouré de nature. Le moment ne s'y prêtait pas mais j'aurais bien aimé gambader sur les collines parsemées d'oliviers, de pins parasols et maritimes où les vignes s'étendaient à perte de vue.

Les demeures s'étaient parées de cette fameuse couleur terre de Sienne brûlée, invitant les touristes à déambuler dans les ruelles. Hélas, je n'étais pas là pour m'éblouir par tant de contrastes. Mon chevalet allait devoir patienter dans le coffre.

Un petit hôtel italien, en adéquation avec notre budget, nous proposa les deux seules chambres disponibles à cette heure tardive. Le commissaire et moi dans l'une, Julie dans l'autre. J'aurais bien fait le contraire, mais à quoi bon regarder un gâteau dans une vitrine si votre diabète vous interdit d'y goûter ?

Même si cette région italienne avait la réputation de réchauffer les cœurs, celui de Julie avait besoin d'une bouillotte. Heureusement pour mon matricule, la bonne ambiance régnait dans l'auberge. Nous ne parlions pas italien, mais l'aubergiste ne semblait pas en être perturbé. Ses mains parlaient pour lui, et les efforts qu'il faisait pour comprendre qu'une simple assiette de pâtes nous convenait étaient suffisants pour nourrir ma bonne humeur. Julie enfin esquissa un sourire sur son visage. Il n'était pas trop tôt ! Giffard, à l'étroit dans son costume et dans sa tête, se contentait de bouder, il faut dire qu'il était passé maître en la matière. Peut-être un effet secondaire du képi, allez savoir ?

> — Et vous êtes de quelle région, commissaire ?
> — De la Sarthe.
> — Moi aussi ! s'empressa Julie, quelle commune ?
> — De Loué.
> — Il ne pouvait pas en être autrement ! ajouta David.

Julie et moi échangeâmes un regard complice et nous mîmes à rire de bon cœur. Giffard resta coi, ne me demandez pas pourquoi.

> — Je ne vois pas ce qu'il y a de drôle.
> — Pour un poulet, être de Loué cela ne s'invente pas.
> — Vous êtes pitoyables, il n'y en a pas un pour rattraper l'autre.
> — Vous devriez prendre vos cachets, commissaire.
> — Mais je ne prends pas de traitement.
> — Ah ! C'est donc ça la raison ? Je cherchais depuis notre départ ce qui clochait.
> — À mon tour de vous traiter de pauvre type !

Giffard se leva et quitta la table avant le dessert,

prétextant un mal au dos imaginaire dû aux soubresauts de mon véhicule.

> — Mais tu n'en as pas marre de sortir des énormités ?
> — Pourquoi me dis-tu ça, ma braguette est correctement fermée !
> — Tu es incorrigible David, ce n'est pas comme ça que nous obtiendrons l'aide du commissaire.

La soirée agrémentée de musiciens locaux et d'une bonne bouteille de Barolo Riserva Monfortino 2004 ne fut pas suffisante pour retenir mes compagnons de voyage. Il restait une demi-bouteille de cet excellent vin et mon éducation m'avait appris à ne rien gâcher...

*

> — Bien dormi, David ?
> — Mouais, Giffard a cru bon d'imiter le moteur du combi pendant toute la nuit.
> — Ah bon, il fumait du capot lui aussi ? Chut ! tais-toi, il arrive.
> — J'ai merveilleusement dormi s'exclama Giffard en nous hélant de loin. Comme

disait Georg Christoph Lichtenberg, « Aujourd'hui, j'ai permis au soleil de se lever plus tôt que moi. »

Julie éclata de rire sans qu'il en comprenne la raison. J'avais personnellement des poches sous les yeux au point d'éveiller les soupçons d'un douanier consciencieux. Le petit-déjeuner fut le moment propice pour établir le plan d'action de notre commando d'opérette. Pourtant, le monde semblait être en danger et nous étions les seuls à en être conscients.

*

Le soleil pâle de ce début de printemps me faisait espérer des jours meilleurs, mais moi la saison qui me faisait sourire, c'était l'automne. Elle seule savait sublimer la couleur à travers le feuillage de ces grands arbres. Je devais attendre encore quelques mois pour la retrouver. En attendant, je devais me contenter de rester dans la fournaise de ce véhicule d'un autre temps. Le commissaire commençait à desserrer sa cravate à la recherche d'une bouffée d'oxygène. David ne semblait pas en souffrir, mais conscient de notre gêne, releva les deux pare-brises. Nous pouvions donc allègrement apprécier la visite des moustiques tout en roulant, et recracher les moucherons collés à nos dents.

Hit the road, Jack!

Nous étions maintenant à quelques kilomètres de notre point de chute. Je sentais la tension monter dans le véhicule et mon cœur s'affoler.

— Il faut établir un plan d'action. Nous n'allons pas sonner à la porte et demander à voir Richard Anderson, proposa Giffard.

— Il faudra aussi que j'explique mon départ précipité en pleine nuit, ajoutai-je.

— En attendant, nous pourrions faire un peu de tourisme, vous ne croyez pas ? demanda timidement David.

— Si tu as faim, dis-le carrément.

— Je pensais faire un crochet par Venise et immortaliser la richesse de ses monuments. En fait, je propose surtout que nous inversions les rôles. Depuis notre départ, une voiture noire aux vitres fumées nous suit. Le chemin le plus court n'est pas forcément le plus sûr.

— Pas étonnant avec votre bazar fleuri ! J'ai même vu la caravane d'un cirque qui hésitait à nous emboîter le pas. Vous n'avez pas remarqué les enfants qui nous font bonjour sur notre chemin ? Il ne nous reste plus qu'à leur lancer des bonbons sur notre passage !

— Pff... arrêtez s'il vous plaît !

— David, le commissaire a raison, nous ne sommes pas si discrets que ça !

— Je me tue à vous le dire ! confirma le commissaire.

— Donc si vous êtes d'accord avec mon plan, nous allons bifurquer au prochain embranchement et revenir sur nos pas, ainsi nous serons derrière cette belle voiture noire qui nous colle aux roues. Ensuite, on verra bien !

— Waouh, quel plan ! En fait vous vous fichez complètement de nos inquiétudes. Même si tous les chemins mènent à Rome, j'espère seulement que nous n'allons pas nous retrouver au bout du monde. Ici, en Italie, le bout du monde se situe à Portopalo di Capo Passero et si j'en crois mon GPS nous avons douze heures de route.

— Merci pour cette information qui ne nous sert à rien, commissaire. Un dernier virage et voilà, nous sommes derrière elle, suivons-la maintenant.

— Mais tu pars pour Venise, là ! m'esclaffai-je.

— Et alors, on n'est pas bien là, tous les trois, décontractés du volant ?

— J'ai cru que vous alliez nous sortir une réplique des Valseuses. D'ailleurs, venant de vous, je n'aurais pas été surpris !

— Ah commissaire, je vois que vous avez de la culture ! Petit canaillou ! Vous ne vous imaginez pas !

— Non, je ne m'imagine pas.

— Moi non plus je ne m'imagine pas, grogna le commissaire.

— Mais je ne vous ai encore rien expliqué !

— Non, mais a priori on ne s'imagine pas, dirent en cœur Julie et Giffard.

— Ok, Ok , j'ai compris, je me tais, je vous laisse imaginer, supposer, en fait vous n'êtes pas curieux, vous vous en fichez tout simplement.

— Bien en fait c'est peut-être ça, ou alors peut-être que tu nous saoules, tout simplement.

Certes, le crochet qu'imaginait David pouvait sembler important, mais comme le confirmait à contrecœur le commissaire, il avait le mérite de brouiller les pistes. Ce n'était pas la période du carnaval, mais décidé, David avait bien l'intention de faire tomber les masques. Concentré sur notre cible et attentif à la circulation qui s'intensifiait,

David n'était pas des plus loquaces. À sa décharge, il surveillait d'un coin de l'œil, cette berline bien plus puissante que son combi fatigué.

— Bon, il ne faut pas le perdre dans la circulation, on aurait l'air fin ! dit-il, concentré.

— Qui a parlé de faim ? Moi, j'ai faim. L'idée n'est pas si mauvaise que ça.

— Qu'importe votre estomac, suivez-le, ce détour permettra de brouiller un peu les pistes au cas où nous serions surveillés. Déjà que nous voyageons à trois.

— En quoi voyager à trois peut-il éveiller des soupçons ?

— Pour vous peut-être pas, mais moi ça me gêne. Ça renvoie une image libertaire qui ne convient pas à mon éducation, ajouta le commissaire. Et en plus, dans ce véhicule ridicule.

— Une idée qui mériterait de vous allonger sur la banquette et de nous confier vos expériences en la matière, s'amusa David en regardant le commissaire.

— Arrêtez vos idioties, suivez votre intuition, mais on n'y reste pas la journée. Je vous rappelle que l'objet de notre voyage n'a rien à voir avec le tourisme !

*

La Piazzale Roma était la seule zone accessible aux véhicules routiers. La circulation n'était pas facile, mais le spectacle qui s'offrait à nous valait bien ces désagréments.

Giffard fulminait à l'arrière de notre véhicule, allant même jusqu'à injurier les Italiens qui se faufilaient naturellement à travers les allées de stationnements. Après avoir tenu tête à une multitude de sens interdits, de parkings encombrés dans lesquels il ne pouvait même pas faire demi-tour, David arriva enfin à stationner le combi au Garage Communal. Nous allions y laisser tout notre argent de poche.

Il s'était entêté à suivre sans relâche ces individus et nous étions arrivés à Venise après 5 heures de route. Il était bien le seul à trouver un sens à ce détour hormis le fait de suivre cette voiture soi-disant suspecte. La discrétion aurait dû être notre seule préoccupation, c'était pour le moins raté ! Nous arrivions au Palais des Doges, magnifique bâtisse qui selon les dires de David, méritait l'expression de ses fusains. À peine descendu de notre camionnette, ce dernier fit volte-face et se dirigea vers le monastère bénédictin de San Giorgio Maggiore, situé juste en face. Il emboîta le pas des occupants de la berline à la plus grande surprise de Giffard qui tentait de préserver une quelconque discrétion. David s'engouffra par la porte principale du monastère retenu par une grenouille de bénitier.

La politesse était de mise, même en période de conflit. Giffard fulminait, David souriait, moi, je ne savais plus si nous devions en rire ou en pleurer voire rebrousser chemin. Les deux individus en habit sacerdotal longèrent les déambulatoires tandis que nous restions plantés là, subjugués par autant de magnificence.

David, en homme de l'art, fut interpellé par l'un des tableaux les plus célèbres de ce monastère. Au-dessus de nos yeux, il nous expliqua que son thème avait été peint à Venise pour le réfectoire construit par Andrea Palladio. Nous étions en plein cœur du monastère.

— Belle peinture ! déclara Giffard.
— Belle peinture, c'est tout ce que vous trouvez à dire ? Les plus grands ont participé à sa réalisation, Le Titien, Le Tintoret et Paolo Cagliari.
— Je ne le connais pas celui-là.
— Véronèse, si vous préférez. Il avait tout juste trente-cinq ans. Il y a peint une scène biblique à travers une fête vénitienne. Il

s'est permis d'y reproduire des personnages de la Bible et des figures contemporaines de l'époque. Je vous en cite quelques-unes, par exemple : François Ier, Charles Quint, le sultan ottoman Soliman II le Magnifique, la reine Marie d'Angleterre, les seigneurs et les dames les plus illustres tels que Éléonore d'Autriche, Alphonse d'Avalos, les cardinaux Bernardo Navagero et Charles de Lorraine. Ces créateurs s'y sont même représentés, là regardez !

— Vous êtes sur un sujet glissant, commissaire, lui dis-je.

— Et c'est censé évoquer quoi ? demanda Giffard.

— Les noces de Cana.

— C'est où, Cana ?

— Au Sud du Liban, intervint David.

— C'est le deuxième tableau que nous voyons ici.

— Eh bien ! Considérez qu'il s'agit des noces de Cana bis alors, déclara David d'un air dépité devant tant de manque de culture du commissaire.

— Avec votre tête de mule, vous n'êtes pas à une boulette près ! surenchérit Giffard.

— Arrêtez de faire continuellement des allusions à une quelconque activité de trafiquant. Je ne suis pas un dealer.

— Un bon jardinier, ajouta Giffard.

— Bon, ce n'est plus le moment de rêver, vous m'en avez passé l'envie, déclara David en rangeant son appareil photographique.

— Nous sommes venus là pour rien, alors ? dis-je un peu irritée. D'autant que nous avons perdu de vue à travers ces pilastres la raison de ce détour. Je vous signale que nous nous sommes fait semer. Nous avons perdu notre temps en venant ici.

— Pas moi, déclara Giffard. Il y a quand même des choses troublantes, ici. Votre œil ne vous a pas piqué en lisant les prospectus sur le panneau d'affichage paroissial ? Vous voulez que je vous le dise, et bien je vais vous le dire, comme disait un petit bonhomme perché sur ses talonnettes en roulant des épaules. Il semblerait qu'une association locale voue un intérêt particulier à des actions humanitaires.

— Quoi de si choquant ? Nous sommes dans l'endroit idéal pour lancer un message humanitaire, non ?

— Votre naïveté est touchante, cette association est située au sud du Liban.

— Comment pouvez-vous en être aussi certain ?

— J'ai vérifié sur internet. Ce n'est pas tout, le bandeau d'accueil de leur site représente le tableau des noces de Cana, mais en version moderne.

— Comment ça, en version moderne ?

— Les personnages du tableau ont été remplacés par des hommes et femmes politiques ou influents de notre époque. Pire, Jésus est remplacé par le pape actuel !

— Giffard 2.0 ! s'amusa David, vous m'étonnerez de jour en jour, ajouta-t-il en se dirigeant vers la sortie.

— Vous vous croyez spirituel avec vos feuilles et vos crayons ? Moi au moins, je fais mon métier, déclara Giffard adossé contre la carrosserie du combi de David, j'observe ! Il était cramoisi.

— Moi aussi j'ai un métier, je suis professeur de dessin ! Et ne vous appuyez pas contre la peinture de mon bijou, je viens juste de la faire refaire ! David tentait de rester calme.

— Vous n'oublierez pas de faire refaire votre moteur, car je pense que le joint de culasse est cramé. Un joint cramé hein, ça devrait vous parlez ça, héhé ! Faites voir ce qui est censé vous nourrir ? demanda le commissaire en regardant le bloc à dessin resté sur le siège du véhicule. Ouais, vous devez avoir du mal à gagner votre vie, m'étonne pas que vous soyez si maigre !

— Foutez-moi la paix ! lâcha-t-il en lui arrachant ses esquisses. Et vous, qu'avez-vous fait comme études pour finir dans un poulailler ? Vous devriez dépendre du ministère de l'Agriculture plutôt que du ministère de l'Intérieur.

— J'ai fait des études de lettres.

— Alors, vous avez dû vous arrêter à la vingt-sixième lettre de l'alphabet !

Je me doutais bien que la patience de David avait des limites facilement atteignables, il était temps que je m'interpose entre ce coq et ce poulet.

— Messieurs, si nous en revenions à notre principale préoccupation ?

Les hommes se jetèrent un dernier regard de défiance. Avant de monter dans le combi, David constata que deux de nos pneus étaient crevés. Un papier griffonné à la hâte traînait sur le sol ; « Dieu reconnaîtra les siens et combattra les mécréants ». La voiture noire démarra presque sous notre nez. Personne n'osa faire une quelconque réflexion, nous étions tous coupables par négligence.

Se faire comprendre en parlant anglais ou français dans ce pays n'est pas aussi simple que ce que peuvent prétendre les guides touristiques. Heureusement pour nous, nous avions souscrit une option assistance nous garantissant une solution rapide, quel que soit le problème rencontré.

Tonitruante, la dépanneuse arriva deux heures plus tard, merci la compagnie d'assistance ! Elle allait entendre parler du pays dès mon retour. Je n'avais plus faim, il ne nous restait plus qu'à faire route vers notre destination initiale après avoir été délestés de quelques billets piochés dans nos porte-monnaie respectifs. Le trajet fut long, chacun encaissait le camouflet que nous venions de subir. David mit en marche l'autoradio. Personne n'osa lui dire que le son était pourri... Au moins, pour une fois, la route ne fut pas silencieuse.

Un besoin de nous poser un peu m'incita à nous trouver un coin de campagne et peut-être mettre de la distance entre nos poursuivants et nous. Chacun acquiesça. Il me fallait garder la tête froide et une détermination incroyable avec ces deux zozos. Richard devait être fier de moi si jamais nous arrivions à le retrouver sain et sauf.

Nous fîmes une halte dans un authentique hameau italien que nous avions rejoint par l'ancienne route qui menait de Florence à Sienne. Entourées par trois collines d'argile rougeâtre, les rues de cette cité médiévale révélaient des trésors architecturaux qui auraient fait la plus grande joie de mon-ami-mon-amour Richard. David me regarda et ses yeux exprimaient le même ressenti.

Pour décor, ce véritable village médiéval nous offrait une atmosphère apaisante et Dieu sait que nous en avions besoin ! Le chemin qui conduisait à la maison louée pour notre halte se perdait dans la forêt avoisinante. J'entrai la première, poussant la porte de notre logement. L'âme du lieu était restée intacte pour notre plus grand bonheur.

Les propriétaires nous avaient laissé, en évidence sur la table de la cuisine, une bouteille de « Chianti Classico » ainsi qu'une autre d'huile d'olive. Une corbeille de tomates gorgées de soleil et du prosciutto livraient tout leur parfum et s'offraient à nos papilles.

Les beaux jours s'annonçaient. La brume recouvrait d'un doux manteau la cime des arbres situés en haut des collines. La nature s'étirait comme sortie d'un sommeil hivernal, nous promettant générosité et monts verdoyants !

Situé sur un promontoire naturel, notre gîte dominait les douces collines où poussaient vignes, oliviers et chênes verts. L'endroit était idéal pour surveiller les visiteurs indésirables.

Chacun prenait ses marques dans cette adorable maison. Personnellement, je profitai de ce que les hommes faisaient le tour du propriétaire pour descendre vers le village de Castellina et faire quelques emplettes complémentaires. L'idée ne réjouissait pas plus que ça David, mais il fallait bien que je mette quelque chose dans leur assiette. Après avoir été sermonné par ces messieurs et promis prudence et discrétion, David me confia les clefs de son combi, preuve d'une extrême confiance !

Dommage que notre emploi du temps ne pût s'y prêter davantage, car je serais bien restée plusieurs jours à goûter à cette « dolce vita »... David allait une nouvelle fois laisser ses crayons et son inspiration au fond de mon sac, mais il s'abstint d'y faire une quelconque allusion. Après un repas réconfortant, la nuit tomba lentement et avec elle, la pression de la journée. Giffard, coincé derrière l'écran de son portable, consultait les avancées de son brigadier, le seul fidèle sur lequel il pouvait compter au 36. Il n'en parlait pas, mais semblait subir une pression de sa hiérarchie.

David observait la nuit noire, assis dans un transat tout en contemplant les étoiles. Il essaya de me faire deviner leur nom pour me changer les idées et éviter ainsi que je consultasse les quelques photos de Richard prises avec mon téléphone.

Elles me rattachaient à lui et j'avais besoin de me persuader que j'allais vite le retrouver. Nous avions tous besoin de ce moment de calme pour reprendre pied et la pénombre nous y aidait.

C'est le commissaire qui rompit le silence le premier en déclarant qu'il allait se coucher. Je n'osai pas lui demander si les nouvelles étaient bonnes, pensant que si cela avait été le cas, il nous en aurait fait part. Son air soucieux était suffisamment explicite pour se passer d'explications détaillées.

David écrasa sa cigarette et lui emboîta le pas. Je restai seule sur la terrasse encore quelques instants avant de rejoindre ma chambre et tenter de trouver le sommeil. David avait raison, les étoiles étaient réconfortantes.

Je m'étais levée tôt pour préparer un petit-déjeuner copieux, la journée risquait d'être longue et mes hommes allaient avoir besoin de forces pour l'affronter. Giffard était déjà à l'extérieur, en pleine conversation sur son portable. David complétait le niveau d'eau de son radiateur qui consommait plus que de raison.

Quelques minutes plus tard, nous étions tous prêts à reprendre la route.

« Il faut avancer... parce que le christianisme
et la liberté sont incompatibles. »
Jean-Marc Shiappa,
Gracchus Babeuf avec les Égaux

Chapitre 14

Arrivée au Monastère San Francesco Frogollini.

— Le voilà !
— Quoi ? demanda David, en regardant
autour de lui.
— Bien, le monastère pardi ! Là-haut, perché
sur la montagne, il n'est pas assez
gros pour vous ? ajouta le commissaire.
— Il a l'air accueillant, ajouta David.
— Aussi accueillant qu'une souricière, faites-
moi confiance, c'est un vrai piège !,
déclarai-je.
— C'est un piège à filles, qui fait crac boum
hue, entonna aussitôt David.

Il ralentit machinalement, tout en attaquant à
tue-tête la chanson de Dutronc « Les play-boys »

— J'ai un piège à filles, un joujou extra...

— David, c'est bon, arrête s'il te plaît et accélère.

— Putain, ça fait des dégâts ce que vous fumez, ajouta le commissaire. Vous devriez lever le pied.

— Mettez-vous d'accord, les grincheux !

Les yeux de David passaient du monastère à Giffard et à moi. Il avait l'air vexé, mais ne se résignait pas.

— Il est effectivement magnifique, je prendrais bien le temps de sortir mon bloc et mes fusains pour le croquer.

— On a peut-être autre chose à faire, tu ne crois pas ? ajoutai-je

— Oui, mais un petit croquis…

— Bon, vous avez sous le pied un champignon et celui-ci n'est pas hallucinogène. J'aimerais bien que vous vous décidiez à appuyer dessus, monsieur Crowder, car moi aussi j'ai envie de croquer, mais un sandwich de préférence.

Giffard commençait à s'impatienter, mais David ne releva pas. Il préféra dérégler le rétroviseur pour ne plus apercevoir le regard cynique de son interlocuteur. Bonjour l'ambiance ! Les quelque trois cents kilomètres que nous venions d'avaler n'avaient pas diminué la tension entre eux.

*

L'accueil fut aussi distant que la première fois. Une nonne aussi ronde que souriante nous ouvrit la grande porte de bois du monastère. Elle était magnifiquement sculptée. La porte, pas la nonne.

— Bonjour, mes enfants.
— Euh, bonjour madame, s'essaya David.

Je lui lançai un coup de coude dans les côtes qui l'étonna.

— Bonjour ma mère, rectifia-t-il.

Giffard fouilla dans ses poches, cherchant peut-être ses mots. Deux ours, voilà de quoi était composée mon équipe, aussi gauche qu'un adolescent devant sa première fleur. Nous étions plantés devant cette bonne sœur qui commençait à se demander quel était le but de notre visite.

— Je viens avec mes amis voir mon fiancé qui m'a donné rendez-vous dans votre monastère. Nous y avons fait une retraite et personnellement j'ai été obligé de partir

précipitamment. Problèmes familiaux…
vous comprenez… ma mère, malade...

Le sourire de la frangine avait laissé place à une
mimique digne de participer au concours mondial
de grimaces de la ville d'Egremont.

— Attendez ici, je vais me renseigner, lâcha-t-
elle en faisant la moue.

Elle nous laissa plantés là en prenant soin de
nous fermer la porte au nez. Quelques minutes plus
tard, la porte s'ouvrit de nouveau.

— Il est parti mon enfant, peu après vous.
Certainement inquiet de la santé de votre
mère. Il vous a laissé ceci.

Elle me tendit une lettre cachetée et referma la
porte, sans nous laisser le temps de réagir.

— Alors ? Dit Giffard en tendant le cou par-
dessus l'épaule de Julie. Ne nous laissez
pas languir. Je doute qu'il s'agisse d'une
lettre d'amour, dévoilez-nous-en le
contenu.

J'avais du mal à m'exprimer. Cette lettre était
manifestement un faux.

— Alors ? insista David.

— Non, cette lettre n'est pas de Richard.

— Qu'est-ce qui vous fait dire ça ? protesta Giffard.

— L'écriture est ressemblante, mais nous avons une habitude, qui vous semblera puérile peut-être, mais qui aujourd'hui prend toute son importance. Quand il écrit un mot qui m'est destiné, il ne signe pas, mais inscrit « TPA » ce qui signifie « ton pauvre amour ».

— Ah bon ? Vous avez de drôles de pratique entre vous !

— Richard se moque souvent de moi car, quand nous sommes en contradiction, je ponctue mes phrases par « mon pauvre amour ». Alors il devance mes mots et finit les siennes en y ajoutant « ton pauvre amour », comme pour m'éviter de le dire. C'est une preuve d'authenticité ça, non ? Seuls lui et moi sommes au courant de ce petit jeu.

— C'est surtout l'assurance que vous êtes frappadingues, j'aurai tout entendu dans ma carrière ! conclut le commissaire.

— Alors, on fait quoi ? demanda David.

— On entre, décida Giffard.

*

— Et toi, tu es d'accord Julie ? On pénètre là-dedans ? répétai-je paniqué. Comme vous y allez ! Vous n'êtes pas bien tous les deux, j'ai passé l'âge de faire le mur, surtout pour entrer. Normalement, c'est pour se faire la belle qu'on le fait.

— Allez-y Crowder, faites le mur, pas la guerre !

— Pauvre type !

— Qui vous dit que vous n'allez pas vous faire une belle, à l'intérieur, une bonne âme sœur, ou une âme de bonne sœur, peut-être, s'amusa Giffard.

— Vous n'en avez pas marre de vous chicaner tous les deux ? Nous avions repéré en promenant les chiens qu'une porte donnait sur le jardin. Elle n'est peut-être pas verrouillée. Ça vaut le coup de vérifier.

Julie avait raison, la porte du jardin potager n'avait pas de verrou. Nous avions franchi un obstacle, mais nous n'étions pas encore dans l'enceinte même du monastère. Alors qu'elle et moi commencions à gravir un escalier de pierre, Giffard nous stoppa dans notre élan et prit le parti d'en descendre un autre presque dissimulé dans le soubassement de la bâtisse.

Arrivé au bas des marches, Giffard poussa une lourde porte de bois récemment remplacée qui en interdisait l'entrée. Sans nous attendre, Giffard en actionna la poignée et s'engouffra dans un long tunnel de pierre que nous découvrions à la lumière de nos téléphones portables.

— Je me sens mieux ici, déclara Giffard avec un ton de soulagement.
— Vous n'aimez pas la lumière du jour ? questionna Julie.
— Je préfère l'ombre, un point c'est tout !
— Grrr ! Les gens de l'ombre, qui errent dans vos campagnes grrr ! ajoutai-je.
— Arrêtez vos conneries, je souffre simplement de photophobie.
— Vous ne risquez pas de vous faire une place au soleil, complétai-je.
— Marrez-vous autant que vous voulez, pauvre type, et regardez donc où vous mettez les pieds !

L'état de propreté de ce boyau de pierre laissait d'ailleurs à désirer et quelques détritus de notre époque jonchaient le sol. Nous arrivâmes un peu surpris dans une crypte entourée de cellules monacales qui étaient elles aussi dans un état pitoyable. Elles étaient vides, à l'exception de l'une d'entre elles qui semblait avoir été récemment utilisée. Une assiette sale, un pichet d'eau à moitié plein ainsi qu'une miche de pain démontraient que son locataire avait quitté précipitamment cet endroit précaire. Giffard semblait à son affaire.

Peu loquace, il inspectait méthodiquement les moindres recoins. Il remarqua aussitôt un étroit escalier au fond de la crypte qui semblait remonter, mais vers où ? Il nous conduisit vers un réduit obstrué par un panneau de bois servant de porte, qui filtrait quelques rayons de lumière à travers les jointures des planches de bois. Giffard pesa de tout son poids pour en forcer l'ouverture. D'un coup d'épaule, elle céda et bascula à plat dans un nuage de poussière et un vacarme qui résonna dans toute la pièce. Nous étions au beau milieu d'une petite chapelle au décor baroque.

— Chut ! déclara le commissaire.
— Un peu tard pour prendre des précautions, vous ne trouvez pas ? m'exclamai-je.
— Vous n'allez pas recommencer ? s'exclama Julie.
— Vous vouliez pénétrer dans ce monastère, maintenant vous y êtes. C'est quoi, la suite de votre plan ?
— Quel plan ? demanda Giffard.
— Vous plaisantez là ? Faites-moi marcher autant que vous le souhaitez, mais il

vaudrait mieux pour vous que vous en ayez un. Vous ne m'avez pas entraîné dans cette galère sans y avoir réfléchi ? Vous avez bien une vague idée ?

— Je vous rappelle que c'est vous qui vouliez partir avec Julie. Comment comptiez-vous vous y prendre ? C'est un peu facile !

Julie commençait à blêmir à la vue de mes poings serrés. Mes mouvements devenaient irraisonnés, secs et violents, trahissant ma colère. J'en étais conscient. J'allais lui voler dans les plumes, et ce sans jeu de mots avec sa profession.

— Bon, on va faire un petit point, se précipita le commissaire.

— Faites-en un gros tant qu'à faire. Nous n'allons pas rester seuls longtemps après tout ce ramdam.

À croire que j'avais été entendu. À peine avais-je terminé ma phrase que des pas résonnaient dans le couloir.

*

— Sortez, sortez le premier ! intima Giffard à l'attention de David.

— Pourquoi moi ? demanda-t-il.

— Parce que vous ne nous êtes d'aucune utilité et vous ferez une magnifique diversion.

— Pauvre type ! lui lança David avec un regard sans équivoque.

Mon cœur battait trop vite et de façon désordonnée. J'étais tétanisée, incapable de crier et dans l'incapacité de dire quoi que ce soit. La température avait subitement chuté, à moins que ce ne fût moi qui ressentît cette sensation de froid. Giffard remarqua la chair de poule qui se manifestait sur mes avant-bras et posa sa main sur mon épaule pour me rassurer. Lui qui était formé à mieux réagir face à une situation dangereuse ou suspecte était d'un calme incroyable. Le commissaire inspecta les lieux du regard et attrapa rapidement mon bras en me tirant vers une tapisserie pendue près du retable.

— Pourquoi nous faufiler spécialement derrière ces draperies ?

— Parce qu'ici il y a quelque chose qui ne colle pas avec le reste du décor

— Et vous, vous choisissez l'endroit qui cloche ?

— Déformation professionnelle !

— Tenez, voilà ce que j'espérais trouver, une porte.

— Comment avez-vous su ?

— Expérience professionnelle ! Allez, je vous explique : les trois marches en bas de l'autel représentent l'espérance, la foi et la charité. Le retable est normalement orné de part et d'autre de trois statues les représentant. La prochaine fois que vous entrerez dans une église, vous le constaterez par vous-même. Sur ce côté gauche, la statue est nettement avancée par rapport aux autres et il n'est pas rare qu'une porte y soit dissimulée. Dans la plupart des cas, il s'agit d'un accès à la sacristie ou d'un passage permettant d'accéder à un escalier desservant le clocher. Vous voyez, rien de bien mystérieux ! Chut !

Giffard se tourna délibérément vers moi et m'entraîna par la taille derrière le retable abusivement décoré.

— Hé ! On calme sa libido commissaire, que dirait madame Giffard ?

— Calmez-vous la belle, ce n'est pas parce que vous avez des gambettes à déformer mon pantalon que vous êtes mon genre de femme.

— Charmant !

On arrivait et d'un pas décidé. Pris de court, je m'exécutai laissant se pauvre David livré à son sort.

La tenture délabrée, derrière laquelle nous étions cachés, me laissait entrevoir la scène. La chapelle était pourvue de deux issues officielles. La première porte en ogive, majestueusement sculptée sur plus de cinq mètres de hauteur, ouvrait sur la cour intérieure. La deuxième, avec son bois éclairci par le temps, ressemblait davantage à une porte de sacristie sans la bonne du curé pour l'astiquer. C'était par celle-ci que semblait venir la visite inattendue. Prenant son courage à deux mains, David actionna la poignée. Une résistance inverse à ses efforts l'empêcha d'ouvrir la porte. Subitement, une poussée supérieure à la sienne eut raison de sa pression. Esquivant la masse sombre qui s'affalait devant lui, une religieuse empêtrée dans son scapulaire, mains en avant, tentait de le saisir dans sa chute. Je commençai à bien connaître David et son regard trahissait l'impression d'être à la merci d'une cougar n'ayant pas encore connu l'amour. Il est de coutume de dire que « la nature est bonne mère », mais celle-ci devait être orpheline. Des dents pressées semblaient vouloir avancer plus vite que le corps qui les véhiculait, transformant son sourire en une arme redoutable. À croire qu'une partie de son corps était plus pressée que l'autre.

L'issue était béante, la fuite possible, enfin presque. Une armada de cornettes et de soutanes se jeta sur lui.

Le commissaire et moi n'avions rien loupé de la scène, mais nous avions le champ libre pour tenter de retrouver la piste de Richard.

*

— Vous pouvez sortir, ils sont partis.
— David aussi, ça c'est plus inquiétant.
— Pénible comme il est, ils ne vont pas le supporter longtemps. Il va être raccompagné vers la sortie.
— J'aimerais avoir votre optimisme, je m'en voudrais s'il lui arrivait malheur à lui aussi.
— Pourquoi lui aussi ? Qu'est-ce qui vous dit que votre futur époux n'est pas en bonne compagnie ?
— Vous n'allez pas recommencer ? Vous n'y croyez pas vous-même, autrement vous ne seriez pas ici, couvert de poussière et de toiles d'araignées !

Giffard secoua nerveusement ses vêtements en trépignant. Il semblait que notre homme fût arachnophobe, trop comique et moche à la fois pour un flic dont le métier consistait à chercher la petite bête. Les circonstances eurent raison de mon fou rire naissant. Nous n'étions pas dans une situation suffisamment confortable pour que je me laisse aller à une quelconque plaisanterie.

— Vous n'auriez pas un côté Monk par hasard, ou c'est le blanc de votre costume qui vous angoisse ? A-t-on idée de venir affublé comme ça quand on veut jouer les détectives !

*

La chapelle avait retrouvé sa sérénité. Les bruits de pas avaient emmené David. Avec son air sûr de lui, Giffard ne semblait pas goûter la situation. Son air renfrogné ressortait dans ses moments de contrariété.

— Bon allez, on y va, se décida-t-il à dire.
— Où ça ?
— Cette chapelle pue le moisi autant que ces catacombes que nous venons de quitter.

Vous, vous voulez retrouver votre bonhomme, moi éclaircir ce que trafiquent ces culs bénits. Sortons de là.

Giffard ouvrit la porte de la sacristie, la traversa pour retrouver l'issue par laquelle David était sorti. Il s'engouffra dans le couloir avec pour toute arme un pied de prie-Dieu trouvé dans les décombres.

— Pourquoi prenez-vous à droite et pas à gauche ?

— Parce que votre sniffeur de copain est parti dans ce sens.

— Comment pouvez-vous en être si sûr ?

— Suis pas flic par hasard, regardez les traces sur le sol, on l'a forcé à prendre cette direction ou alors il a fait exprès de traîner les pieds dans la poussière, mais là, j'en doute.

— Vous ne l'aimez pas, n'est-ce pas ?

Giffard ne répondit pas, laissant planer un doute qui pour moi n'en faisait aucun.

— Je vois bien, commissaire, que vous n'êtes pas d'humeur à supporter son humour. Vous vous impatientez, vous levez les yeux au ciel, et soupirez avec de moins en moins de discrétion à chacune de ses interventions.

— Vous ne trouvez pas que ses tentatives d'humour sont déplacées dans l'épisode douloureux que vous traversez, Julie ?

— Il essaye de dédramatiser, il s'imagine que ses jeux de mots et blagues en tout genre m'éviteront de broyer du noir. Il connaît ma nature anxieuse. Je le vois bien observer mes mains tremblantes quand je parle. Je n'arrête pas de croiser et de décroiser mes doigts, je n'arrive pas à me maîtriser. Nous ne savons même pas si Richard est vivant ! Il me tarde de le retrouver. Croyez bien qu'il est aussi inquiet que moi, il ne veut pas le montrer, c'est tout. Vous vous êtes fait une mauvaise opinion de lui et vous avez tort. David est un chic type, un peu à l'ouest parfois, mais il ne s'est jamais bien remis de son intoxication. Vous pouvez lui demander n'importe quoi, il vous donnerait sa chemise pour peu que vous fassiez la même taille.

— S'il a morflé autant que vous le prétendez, c'est peut-être qu'il y avait des antécédents.

— Arrêtez, fumer un joint de temps à autre ne fait pas de vous un délinquant ou un criminel.

— Vous consommez, vous aussi ?

— Non, moi je ne fume pas. Par contre je fulmine de vous voir perdre vos neurones avec ces conneries. Et puis...

— Chut ? On vient !

« Je me doutais bien que cela arriverait un jour,
mais je ne savais pas que ce serait aujourd'hui ! «

Chapitre 15

Monastère San Francesco Frogollini, sacré David !

Frocailles, curaillons et frangines avaient l'air
embarrassé par ma présence, ne sachant pas si
j'étais un intrus ou un visiteur égaré comme
j'essayais de les en persuader.

— Et vous pensez nous faire croire que vous
êtes venu seul de France pour visiter la
Toscane ?
— Il m'a l'air bien curieux, ça me rappelle un
fouineur que nous avions pourtant hébergé
dans notre plus pure tradition de charité
chrétienne.
— Béni soit notre seigneur ! répétèrent en
chœur ces exclus du monde réel.
— Mon fils, nous avons deux solutions ;
appeler la police ou bien vous garder
quelque temps pour que vous puissiez faire
pénitence. C'est bien rare si nous n'avons
pas quelques menus travaux à réaliser.

Nous allons demander conseil à notre bien-aimé Seigneur et à son fils Ezéchiel, représenté dans notre monastère par le Père Gardien.

Tiens donc, le voilà celui-là, ils n'ont pas tardé à sortir leur atout.

En attendant les voies du Seigneur, je fus conduit dans une cellule par un de ces fils de Dieu. Il faut dire que la famille était grande. Le bedeau, employé laïque chargé de maintenir l'ordre au cours des offices et d'accompagner les membres du clergé dans les cérémonies, prenait sa mission à cœur.

> — Je suis frère Antonio, comme notre bon saint Antonio di Padova. Je le prie tous les jours.
> — Vous ne voudriez pas lui demander un petit service pour moi ?
> — Bien entendu mon frère, qu'avez-vous perdu ?
> — La liberté depuis peu.

La tonsure a des avantages. Elle dégage bien la nuque et dessine sur le crâne l'endroit exact où il faut taper. À peine ma phrase terminée que j'abattais sur la tête d'Antonio le tabouret de chêne resté à ma portée. L'animal pesait son quintal et le tirer en dehors de l'entrebâillement de la porte ne fut pas une mince affaire. Je m'empressai de lui voler son déguisement, mais hélas, je n'avais pas de miroir à ma disposition pour m'admirer dans ma nouvelle tenue. Je ne savais pas si l'habit allait faire de moi un moine, mais il allait au moins me laisser circuler et me permettre de me faire la belle. Je parle bien entendu de m'échapper, car aucune belle n'était visible à l'horizon. En outre, les religieuses ne faisaient pas partie de mes fantasmes…

Le couloir vide offrait un boulevard favorable à mon évasion. Restait juste à savoir dans quelle direction la liberté se trouvait. J'écoutai mon penchant politique pour prendre la première à gauche et déguerpir, soutane relevée jusqu'à la taille, dans ce couloir interminable et mal éclairé.

Le souffle court, j'étais obligé de modérer mon élan. Ma forme physique était restée dans la fumée des bougies de mes vingt ans. Je vous garantis que c'est angoissant de vouloir courir quand votre corps réclame la trêve et sort le drapeau blanc. J'étais incapable de maintenir le rythme, putain de clopes ! Essoufflé, vous l'aurez compris, une lueur provenant de je ne sais où m'incitait malgré tout à tenir un rythme soutenu. La prudence m'incita à réduire l'allure à proximité de la porte d'où provenait l'éclairage.

Pas d'autre issue. Le couloir débouchait sur une

pièce dans laquelle trois moines étaient affairés à des préparations pharmaceutiques. Ils n'avaient pas décelé ma présence. Un homme grand et mince arborait un visage dur et solennel. Vêtu d'un costume parodiant ceux du IIIe Reich, il arborait fièrement un brassard de la « roue du Soleil » utilisé autrefois comme symbole de la race aryenne. D'un air hautain, il surveillait consciencieusement les préparatifs.

Il me restait juste à traverser cette pièce pour rejoindre la lumière du jour qui pointait à l'opposé. Une vraie épreuve, un quitte ou double, d'autant que je n'avais jamais eu beaucoup de chance au jeu de loterie. Tête baissée, capuche relevée, je m'apprêtais à traverser la pièce quand un brouhaha s'éleva derrière moi. Pour des moines ayant fait vœu de silence, ceux-là avaient déjà trahi leur engagement et comméraient en toute quiétude ! Quant à moi, j'étais dans une position délicate... L'arrivée de la troupe fit relever la tête de ces pharmaciens de l'ombre.

— Entre, mon frère. Tu es en avance, mais ce n'est pas grave, nous sommes prêts. Relève ta manche, je vais t'injecter une dose de Pervitine pour te donner des forces au combat.

Aïe ! Je n'étais pas dans la merde !! Déjà, le

groupe de pipelettes pénétrait dans la pièce, manches relevées.

— Au suivant…

« Pour vivre heureux, vivons cachés. »
Jean-Pierre Florian, extrait des « Fables »

Chapitre 16

Dans les méandres du monastère San Francesco Frogollini.

— Mais cachez-vous, vous dis-je !

— Je le suis, là ! En plus, ça pue la poussière, ces vieilles tentures !

— Ces tentures, comme vous dites, sont des tapisseries et d'époque s'il vous plaît !

— N'empêche qu'elles puent !

— Allez, cachez-vous ! Là, vous êtes aussi bien cachée qu'une autruche qui se plante la tête dans le sable… Rentrez vos pieds derrière la tapisserie, vous voyez bien qu'ils dépassent !

— Ce n'est pas de ma faute si je fais du 41 !

— Du 41, alors que vous ne dépassez pas le mètre soixante-cinq ! Vous devriez poursuivre vos parents pour négligence de conception !

— Je vous emmerde.

— Taisez-vous et rentrez vos pieds. Ou mettez-les où vous voulez.

— Vous allez voir où je vais les mettre !

— Mais taisez-vous, bon sang !

— Je vais prendre mes jambes à mon cou comme ça…

— Mais fermez-la !

Une file de serviteurs de Dieu passa devant nous. Julie avait enfin compris que pour vivre heureux, il fallait savoir se cacher. Même sur la pointe des pieds, la gamine mesurait au moins une tête de moins que moi. Un petit bout de femme qui avait du courage, de la volonté et du caractère, mais qui m'encombrait. J'aurais préféré être seul, mais dans la mesure où elle suivait mes ordres et me laissait suivre mon enquête à ma guise, cela m'était complètement égal. Tout compte fait, elle avait déjà passé quelques jours dans ce lieu et se déplaçait avec aisance. Elle pouvait m'être bien utile, même si je râlais tant elle était bruyante. Le danger passé, nous reprîmes notre exploration sans savoir réellement où nous allions atterrir. Julie avançait sans m'attendre, j'en profitais pour m'épousseter en regardant si un insecte n'était pas resté accroché à mes vêtements. Quelques minutes plus tard, après avoir ouvert et refermé de lourdes portes, Julie se retourna vers moi, satisfaite de m'avoir conduit là où elle le souhaitait.

— Voilà, nous arrivons à la salle du réfectoire. Par ici, c'est la salle du chapitre et, en sortant, nous avons la bibliothèque dont je vous ai parlé.

— Ne courez pas si vite, je n'ai pas le temps d'observer.

— Regardez, c'est ici que nous avons rencontré le jeune moine qui a remis cet Ancien Testament à Richard.

— Et où est-il passé, ce bouquin ?

— J'ai dû le laisser dans la chambre, enfin si on peut appeler ça une chambre. L'appellation cellule monacale prend tout son sens quand vous retrouvez séparé de votre conjoint dans une surface qui n'atteint pas les sept mètres carrés. Bref, je suis partie précipitamment en laissant ce bouquin qui n'avait aucun intérêt pour moi, ajoutai-je pour me justifier.

— Mince.

— Il ne vous aurait rien appris de plus.

— Qu'en savez-vous ? De toute façon, le fait qu'il ait été extrait de la bibliothèque a dû éveiller les soupçons. Ce n'est ni bon pour votre moineau ni rassurant pour le sort de votre bellâtre.

— Merci, vous m'êtes d'un grand soutien moral. Arrêtez-vous, nous sommes arrivés à l'escalier dont m'a parlé Richard. À partir d'ici, je n'ai plus eu de nouvelles de lui.

— Eh bien, il ne semble pas qu'il y ait beaucoup d'activité dans ce monastère. Soit une partie a quitté les lieux, soit ils sont en pleine prière !

— Je préférerais la première hypothèse...

Une lourde porte à deux battants s'ouvrit au fond du cloître libérant une vague de tonsurés.

— Pas de chance, c'est la deuxième. Vite, descendez, nous n'avons plus le choix !

L'atmosphère froide et humide me prenait les narines, à moins que ce ne fût le salpêtre. Je descendis avec précaution les marches usées par le temps. J'avais peur et en même temps j'étais avide de découvrir la vérité. Giffard s'en aperçut et tenta d'être moins bourru qu'à son habitude.

— Ne tremble pas comme ça, ma petite dame. Il y a peu de chances qu'on le retrouve en bas de cet escalier ou alors ça ne serait pas bon signe !

— Faut-il que vous soyez bourré pour ne pas être bourru ? lui lançai-je, excédée par son attitude. Il ne releva pas et se contenta de regarder où il plaçait ses pieds pour ne pas trébucher.

L'escalier rejoignait un boyau creusé à même la

roche. Quelques portes vermoulues dissimulaient des petites pièces qui ressemblaient à des cachots étroits et insalubres.

— De vraies caves ! Avec un peu de chance, nous allons tomber sur des alambics ou des bonnes bouteilles de bière, c'est peut-être ça leur secret après tout. Ce sont des trappistes, non ? ironisa Giffard.

— Vous êtes comme mon bonhomme, vous ne pensez qu'à ça... Je vous rappelle que ces moines fabriquent du fromage.

— Vous n'allez pas me faire croire qu'ils le mangent sans pain et sans vin, leur fromton ?

— Toujours le mot juste, commissaire. Tenez, regardez, celle-ci ne semble pas verrouillée.

— Poussez-vous, laissez-moi entrer d'abord, je n'aime pas cette odeur qui se dégage d'ici.

En gentleman, il passa le premier et poussa la porte. Une odeur nauséabonde nous frappa et nous fit reculer machinalement en nous protégeant aussitôt le visage.

— Richard !

— Non, je ne pense pas, à moins qu'il soit entré dans les ordres au lieu de vous demander en mariage. Il a peut-être réfléchi, allez savoir ?

— Comment trouvez-vous la force de faire de l'humour devant le corps de ce pauvre diable ?

— N'entrez pas, ce n'est pas un spectacle pour vous ! C'est un moine, jeune d'apparence, et je n'aime pas du tout la façon dont il a été tué !

Je retins un cri de stupeur en passant la tête au-dessus des épaules du commissaire. Le pauvre gamin avait un crucifix planté dans le cœur, sa main gauche crispée autour, dans une ultime et vaine tentative de défense.

Giffard se releva, il avait l'air troublé.

— On dégage d'ici et vite, dit-il.

— Et Richard ? Et David ? Je ne les abandonnerai jamais ! Partez si vous voulez, moi je reste. Je vais ouvrir toutes les portes que je vais croiser, descendre tous les escaliers que je vais rencontrer, retourner chaque mètre carré de ce putain de monastère pour les retrouver. Partez si vous le voulez, je vous le répète. Moi je reste !

— Calmez-vous, ce n'est pas le moment de me faire une crise de nerfs ! Maintenant, le doute n'est plus permis. Le lien est établi avec vos misères parisiennes. J'en arriverais à m'excuser d'avoir eu des doutes sur le bien-fondé de vos explications.

— Quel lien ?

— Le mode opératoire du meurtre.

— Parce que vous hésitiez encore ? Je ne le crois pas, vous êtes juste venu ici pour trouver des certitudes. Je comprends pourquoi le budget de l'État est si mal en point !

— Arrêtez avec vos conclusions stéréotypées. Nous avons besoin d'étayer nos hypothèses avant de commencer réellement nos enquêtes, et ce justement pour ménager le budget du contribuable.

— Ouais, un petit voyage n'est pas de refus. Plus vous êtes gradé, plus loin le voyage !

— Croyez ce que vous voulez après tout, je ne vous dois aucune explication. Bon alors, vous me suivez ou vous voulez finir comme lui ? dit-il en me montrant le corps.

— Il nous a aidés et l'a payé de sa vie, nous ne connaissions même pas son nom !

— Appelez-le frère Jacques, car il a dû se faire sonner les cloches vu son état.

— Ne vous sentez pas obligé de faire de l'humour, c'est déjà suffisamment pénible de subir celui de Richard, quoique je sois prête à le supporter aujourd'hui. Je vous trouve ignoble !

— Non. Blasé d'avoir vu autant de cadavres dans ma vie professionnelle.

— Qui êtes-vous donc Professeur Giffard ?

— Pourquoi me donnez-vous le titre de professeur ?

— Parce qu'avec votre air condescendant, vous me donnez l'impression de toujours me donner des leçons. Je répète ma question : Professeur Giffard qui êtes-vous ?

— En fait, je ne suis rien de plus qu'un être humain. Tout au plus instruit, curieux, surtout avide de succès, plutôt de reconnaissance, donc je ne suis rien de plus qu'un être humain. Je me suis imaginé une vie où je pourrais être différent des autres, quel leurre ! Quel manque de modestie ! Pauvre petit être humain, tout juste habile à leurrer mon entourage. Mais, je pense, enfin je le souhaite, avoir inculqué à mes enfants le désir d'aller aussi loin que leurs rêves peuvent les amener.

— Ah ouais, quand même ! Vous êtes hors budget et en dehors de mes heures de consultation. Vous m'excuserez.

Résignée, j'abandonnai le corps de ce pauvre bougre pour continuer notre exploration. Les cellules suivantes étaient vides, aussi vides qu'une coquille d'œuf après l'éclosion. À part la rencontre de frère Jacques qui avait manqué de conversation, nous n'avions pas vraiment avancé.

— Il faut retourner dans la première cellule.
— Pourquoi, vous ne vous êtes pas suffisamment repu de ce spectacle ?
— Notre moine a peut-être été assassiné dans la cellule où était retenu votre ami Richard. Nous y trouverons peut-être des traces ou des indices. Vous avez une meilleure idée ?
— Allons-y, vous passez devant ? Moi, je ne suis pas très à l'aise avec la mort.
— Vous êtes médecin pourtant, vous avez dû en voir ?
— Je suis neurologue, pas légiste !

Giffard grimaçait autant que la porte grinçait dans le silence de la crypte. Une vraie sirène, de quoi réveiller le monastère tout entier. Le pauvre moine était toujours là, avec ce visage crispé de douleur. La dernière grimace qu'il avait dû faire à la vie.

Le commissaire ne semblait pas affecté par la mort. Il se promenait au milieu de cette scène de crime avec tout le recul que son métier lui fait endurer.

— Vous ne m'aviez pas dit que vous aviez oublié cet Ancien Testament d'Ezéchiel dans votre chambre ?
— Si, en la quittant précipitamment.
— Eh bien, en voilà un. Peut-être est-ce le vôtre, qu'en dites-vous ? Cet exemplaire est un peu tâché de sang, par contre, il contient une page cornée comme celle que vous m'aviez décrite, dit Giffard en l'extirpant de sous le corps. Donc, si on résume et que l'on tente de reconstituer la scène, celui-ci vous a refilé un bouquin. Pris de remords ou la main dans le sac, il a tenté de le récupérer pour le remettre à sa place et s'est fait pincer avant d'arriver à la bibliothèque. Et toujours pas de lien avec votre bien-aimé.
— Si là, sous le matelas, c'est le téléphone portable de Richard.

En prononçant ces mots, je pris appui sur le bord de la couchette, ravagée par l'angoisse. Le commissaire, avec le peu d'arguments qui lui venaient, tenta de me rassurer.

Nous progressions dans ce dédale de couloirs sans avoir la certitude que nous allions dans la bonne direction. L'humidité ambiante était entretenue par des infiltrations qui suintaient à travers la roche poreuse. Les fondations de la bâtisse étaient pardonnables : depuis des siècles, elles supportaient le poids d'un christianisme chahuté. Julie, distraite, mit les pieds dans une flaque d'eau.

— Eh bien ! vous ne pourrez pas dire que vous ne vous êtes pas mouillée dans cette histoire !
— Très drôle !
— C'est quoi maintenant ces croassements, il n'y a pas de grenouilles ici ?
— Mes pieds dans mes chaussures, et ne faites pas de commentaires une fois de plus !

La faible luminosité risquait de nous faire trébucher sur le premier objet laissé sur notre chemin. L'autonomie de mon téléphone portable commençait à donner des signes de faiblesse. Il faut dire qu'il n'était pas de la première jeunesse et qu'il passait le plus clair de son temps branché sur le chargeur. Les collègues du 36 me charriaient régulièrement en disant que j'étais le réinventeur du téléphone filaire. Julie se laissait guider en laissant sa main sur mon épaule, ce n'était pas pour me

— Pas de corps, pas de meurtre, me dit-il

Je sanglotai, incapable de me contrôler. Son argument était pourtant probant.

— Que vous faut-il de plus ? Vous, les femmes, êtes compliquées parfois !

Il prit le temps d'observer les mouches qui volaient autour du corps. Le nez dans mon foulard afin d'atténuer l'odeur ambiante, je me remis à pleurer.

— Arrêtez donc de chouiner dès que je vous dis quelque chose !

Giffard était gêné, un peu gauche, ne sachant quelle contenance prendre. Il me tapotait l'épaule délicatement, avec la tête baissée. L'homme bourru que j'avais côtoyé manifestait son soutien comme un bon père de famille réconforterait sa fille.

— Il est brisé, déclara-t-il en le ramassant. Non, non je parlais juste du téléphone ! C'est peut-être juste une coïncidence, ne vous tracassez pas pour autant.

Le commissaire sortit un gant en latex de sa poche et l'enfila pour saisir le téléphone. Tout en le maintenant, il quitta son gant et le retourna pour préserver les empreintes ADN. Fier de lui, il l'agita, content de sa démonstration.

> — Je vais envoyer ça au labo. De toute façon, dans l'état où il est, il ne nous sera pas d'une grande utilité. Les gars le feront parler, il a certainement plein de choses à nous dire.
> — Vous allez trouver des centaines de messages ou SMS. Je n'ai pas arrêté d'essayer de le joindre.
> — On va le retrouver, ne vous bilez pas comme ça. Il est vivant, j'en suis sûr.
> — Trop facile de me faire la morale commissaire, vous n'êtes pas à ma place. Votre femme est bien au chaud dans votre appartement douillet. Moi, mon mec est je ne sais où, sûrement prisonnier, peut-être torturé à l'instant où je vous parle.
> — Ne noircissez pas la situation, on n'y voit déjà pas beaucoup dans ce fichu tunnel.
> — Je vous fais confiance, je n'ai pas le choix.
> — Allez, il faut continuer l'exploration et retrouver ce qui est advenu de Richard. Il en a de la chance, celui-là. Encore un qui ne connaît pas son bonheur. Ce n'est pas mon ex qui aurait remué ciel et terre pour me retrouver, elle aurait plutôt…

Giffard s'arrêta net. Des bruits de voix fusaient dans le couloir. Nous étions piégés, rien pour nous

planquer dans ce minuscule cagibi. Nous reconnûmes la voix de David qui semblait ne pas mettre la bonne volonté nécessaire pour aller dans la direction demandée.

> — Vous voyez, ils ne l'ont pas mis dehors, je savais bien qu'il n'était pas aussi insupportable que vous l'imaginiez.
> — Attendez un peu, vous allez voir, ça ne va pas durer. Moi aussi au début, je l'ai pris pour un chic type.
> — C'est un chic type, autrement il ne serait pas là. Il nous a conduits quand même avec son véhicule jusqu'ici.
> — Parlons-en, ou plutôt parlez-en à mon dos. Il n'y a que des beatniks pour voyager en Combi de nos jours.
> — Vous êtes vraiment vieux jeu, je n'avais plus entendu ce terme depuis le décès de ma grand-mère !
> — Pff… taisez-vous donc !
> — Où l'emmène-t-il ?
> — Vous avez droit à une autre question, de préférence intelligente s'il vous plaît !
> — Vieux grincheux !
> — Je vous pouvez toujours chuchoter, je vous ai entendue !

*

déplaire.

Une alcôve taillée à même la roche abritait un petit autel sur lequel quelques documents étaient éparpillés. J'allais peut-être y trouver quelques indices. Les documents semblaient récents et avoir été oubliés là sans plus de précaution. Julie, aussi fouineuse que moi, mais pas pour les mêmes raisons, se précipita sur le tas de papiers en s'éclairant avec son téléphone portable.

— Rien de bien intéressant, commissaire. Tous ces bouts de papier ne parlent que du chiffre 9.

— Pardon ? Le nombre 9 annonce l'achèvement et le retour à l'unité qui va permettre la naissance, la renaissance, l'avènement du nouveau avec le 1 (0). Il peut signifier la fin d'une période d'épreuves ou la finalité d'une action, le but étant atteint.

— Et après ça, vous dites que c'est David qui fume !

— Ne vous moquez pas de moi, la neuvième porte existe depuis l'Égypte antique. 9 a toujours représenté un passage, un basculement. Ce nombre a beaucoup de signification, il nous parle de l'amour universel, issu des grandes ouvertures de conscience, la fraternité, l'humanitaire, le sentiment inconditionnel de la confiance dans les immenses potentialités humaines, la vocation, la compréhension. Pour les francs-maçons, il est le nombre éternel de l'immortalité humaine.

— On peut tout faire dire aux chiffres, vous êtes franc-maçon ?

— Cherchez, bon sang !

— Mais je ne fais que ça, me répondit Julie.

— Alors, trouvez au lieu de chercher !

— Et elle dit quoi cette neuvième prophétie ? Déjà quand nous étions chez David, vous ne m'avez pas répondu. Vous êtes parti dans des explications incompréhensibles à propos d'un projet Blue « je ne sais quoi ». Un truc américano-soviétique. Vous ne m'avez pas répondu à propos de cette neuvième prophétie.

— Que voulez-vous que je vous en dise de plus ?

— Vous commencez vos explications sans les finir ! J'ai l'impression d'entendre Richard qui lui, commence ses phrases sans les terminer. À croire que la fin doit être tellement évidente qu'elle en devient prévisible. C'est pénible !

— Oui, j'ai aussi cette fâcheuse manie. Les anges, ça vous parle ?

— Vous n'allez pas me faire le coup de la saison 9 des anges de la télé-réalité, ne vous foutez pas de moi quand même !

— Non, je ne voulais pas vous parler de ces anges-là, si tant est qu'ils en fassent partie. Plutôt de ce que l'on trouve dans la Bible ou dans les écrits anciens, ceux qui construisent les légendes. Je vous ai déjà expliqué ce que représentait le chiffre 9, mais si nous nous en tenons aux prophéties d'Ezéchiel, alors la neuvième correspond à un attentat.

— Sincèrement, vous y croyez à ces histoires ?

— Non, mais des fanatiques, eux, peuvent y accorder du crédit. Ils sont capables d'y voir une mission divine. Donc, y croire ou pas n'a pas beaucoup d'importance. Regardez, il semble y avoir de la clarté provenant de ce couloir.

La physionomie des lieux avait quelque peu changé. La source lumineuse émanait d'une installation électrique qui devait dater de la Première Guerre. Des ampoules nues pendaient tous les trois mètres, de quoi m'inquiéter dans l'humidité ambiante. Bonne nouvelle, au moins, nous savions où poser nos pieds. Le couloir déboucha sur une porte étanche ressemblant à un sas de sous-marin.

La rouille dégoulinait le long de sa structure tandis que le dispositif rotatif était correctement entretenu. Le corridor qui isolait de l'humidité relative de ce couloir à l'autre partie du bâtiment devait être emprunté régulièrement. Restait à découvrir ce qu'il cachait.

> — Je vous suis, commissaire, passez donc devant.
> — Si ça peut vous rassurer !

Aurais-je dû être réconfortée ? David capturé, Richard kidnappé, et seule avec un garde du corps à deux doigts de la retraite. Je priai pour que nous ne soyons pas confrontés à un face-à -face musclé. Ce vieux beau essayait de me faire croire que sa forme était intacte, mais sa jeunesse était loin derrière lui. Il actionna le mécanisme et poussa la lourde porte.

> — Si Madame veut bien se donner la peine ?
> — Non, non ! Madame ne veut pas. Allez-y commissaire, après vous.

Giffard s'exécuta. Nous pénétrâmes dans une pièce faiblement éclairée et la porte se referma subitement derrière nous dans un bruit qui me fit sursauter.

— Pas de corps, pas de meurtre, me dit-il

Je sanglotai, incapable de me contrôler. Son argument était pourtant probant.

— Que vous faut-il de plus ? Vous, les femmes, êtes compliquées parfois !

Il prit le temps d'observer les mouches qui volaient autour du corps. Le nez dans mon foulard afin d'atténuer l'odeur ambiante, je me remis à pleurer.

— Arrêtez donc de chouiner dès que je vous dis quelque chose !

Giffard était gêné, un peu gauche, ne sachant quelle contenance prendre. Il me tapotait l'épaule délicatement, avec la tête baissée. L'homme bourru que j'avais côtoyé manifestait son soutien comme un bon père de famille réconforterait sa fille.

— Il est brisé, déclara-t-il en le ramassant. Non, non je parlais juste du téléphone ! C'est peut-être juste une coïncidence, ne vous tracassez pas pour autant.

Le commissaire sortit un gant en latex de sa poche et l'enfila pour saisir le téléphone. Tout en le maintenant, il quitta son gant et le retourna pour préserver les empreintes ADN. Fier de lui, il l'agita, content de sa démonstration.

> — Je vais envoyer ça au labo. De toute façon, dans l'état où il est, il ne nous sera pas d'une grande utilité. Les gars le feront parler, il a certainement plein de choses à nous dire.
>
> — Vous allez trouver des centaines de messages ou SMS. Je n'ai pas arrêté d'essayer de le joindre.
>
> — On va le retrouver, ne vous bilez pas comme ça. Il est vivant, j'en suis sûr.
>
> — Trop facile de me faire la morale commissaire, vous n'êtes pas à ma place. Votre femme est bien au chaud dans votre appartement douillet. Moi, mon mec est je ne sais où, sûrement prisonnier, peut-être torturé à l'instant où je vous parle.
>
> — Ne noircissez pas la situation, on n'y voit déjà pas beaucoup dans ce fichu tunnel.
>
> — Je vous fais confiance, je n'ai pas le choix.
>
> — Allez, il faut continuer l'exploration et retrouver ce qui est advenu de Richard. Il en a de la chance, celui-là. Encore un qui ne connaît pas son bonheur. Ce n'est pas mon ex qui aurait remué ciel et terre pour me retrouver, elle aurait plutôt…

Giffard s'arrêta net. Des bruits de voix fusaient dans le couloir. Nous étions piégés, rien pour nous planquer dans ce minuscule cagibi. Nous reconnûmes la voix de David qui semblait ne pas mettre la bonne volonté nécessaire pour aller dans la direction demandée.

— Vous voyez, ils ne l'ont pas mis dehors, je savais bien qu'il n'était pas aussi insupportable que vous l'imaginiez.
— Attendez un peu, vous allez voir, ça ne va pas durer. Moi aussi au début, je l'ai pris pour un chic type.
— C'est un chic type, autrement il ne serait pas là. Il nous a conduits quand même avec son véhicule jusqu'ici.
— Parlons-en, ou plutôt parlez-en à mon dos. Il n'y a que des beatniks pour voyager en Combi de nos jours.
— Vous êtes vraiment vieux jeu, je n'avais plus entendu ce terme depuis le décès de ma grand-mère !
— Pff... taisez-vous donc !
— Où l'emmène-t-il ?
— Vous avez droit à une autre question, de préférence intelligente s'il vous plaît !
— Vieux grincheux !
— Je vous pouvez toujours chuchoter, je vous ai entendue !

*

Nous progressions dans ce dédale de couloirs sans avoir la certitude que nous allions dans la bonne direction. L'humidité ambiante était entretenue par des infiltrations qui suintaient à travers la roche poreuse. Les fondations de la bâtisse étaient pardonnables : depuis des siècles, elles supportaient le poids d'un christianisme chahuté. Julie, distraite, mit les pieds dans une flaque d'eau.

> — Eh bien ! vous ne pourrez pas dire que vous ne vous êtes pas mouillée dans cette histoire !
> — Très drôle !
> — C'est quoi maintenant ces croassements, il n'y a pas de grenouilles ici ?
> — Mes pieds dans mes chaussures, et ne faites pas de commentaires une fois de plus !

La faible luminosité risquait de nous faire trébucher sur le premier objet laissé sur notre chemin. L'autonomie de mon téléphone portable commençait à donner des signes de faiblesse. Il faut dire qu'il n'était pas de la première jeunesse et qu'il passait le plus clair de son temps branché sur le chargeur. Les collègues du 36 me charriaient régulièrement en disant que j'étais le réinventeur du téléphone filaire. Julie se laissait guider en laissant sa main sur mon épaule, ce n'était pas pour me déplaire.

Une alcôve taillée à même la roche abritait un petit autel sur lequel quelques documents étaient éparpillés. J'allais peut-être y trouver quelques indices. Les documents semblaient récents et avoir été oubliés là sans plus de précaution. Julie, aussi fouineuse que moi, mais pas pour les mêmes raisons, se précipita sur le tas de papiers en s'éclairant avec son téléphone portable.

— Rien de bien intéressant, commissaire. Tous ces bouts de papier ne parlent que du chiffre 9.
— Pardon ? Le nombre 9 annonce l'achèvement et le retour à l'unité qui va permettre la naissance, la renaissance, l'avènement du nouveau avec le 1 (0). Il peut signifier la fin d'une période d'épreuves ou la finalité d'une action, le but étant atteint.
— Et après ça, vous dites que c'est David qui fume !
— Ne vous moquez pas de moi, la neuvième porte existe depuis l'Égypte antique. 9 a toujours représenté un passage, un basculement. Ce nombre a beaucoup de signification, il nous parle de l'amour universel, issu des grandes ouvertures de conscience, la fraternité, l'humanitaire, le

sentiment inconditionnel de la confiance dans les immenses potentialités humaines, la vocation, la compréhension. Pour les francs-maçons, il est le nombre éternel de l'immortalité humaine.

— On peut tout faire dire aux chiffres, vous êtes franc-maçon ?

— Cherchez, bon sang !

— Mais je ne fais que ça, me répondit Julie.

— Alors, trouvez au lieu de chercher !

— Et elle dit quoi cette neuvième prophétie ? Déjà quand nous étions chez David, vous ne m'avez pas répondu. Vous êtes parti dans des explications incompréhensibles à propos d'un projet Blue « je ne sais quoi ». Un truc américano-soviétique. Vous ne m'avez pas répondu à propos de cette neuvième prophétie.

— Que voulez-vous que je vous en dise de plus ?

— Vous commencez vos explications sans les finir ! J'ai l'impression d'entendre Richard qui lui, commence ses phrases sans les terminer. À croire que la fin doit être tellement évidente qu'elle en devient prévisible. C'est pénible !

— Oui, j'ai aussi cette fâcheuse manie. Les anges, ça vous parle ?

— Vous n'allez pas me faire le coup de la saison 9 des anges de la télé-réalité, ne vous foutez pas de moi quand même !

— Non, je ne voulais pas vous parler de ces anges-là, si tant est qu'ils en fassent partie. Plutôt de ce que l'on trouve dans la Bible ou dans les écrits anciens, ceux qui construisent les légendes. Je vous ai déjà expliqué ce que représentait le chiffre 9, mais si nous nous en tenons aux prophéties d'Ezéchiel, alors la neuvième correspond à un attentat.

— Sincèrement, vous y croyez à ces histoires ?

— Non, mais des fanatiques, eux, peuvent y accorder du crédit. Ils sont capables d'y voir une mission divine. Donc, y croire ou pas n'a pas beaucoup d'importance. Regardez, il semble y avoir de la clarté provenant de ce couloir.

La physionomie des lieux avait quelque peu changé. La source lumineuse émanait d'une installation électrique qui devait dater de la Première Guerre. Des ampoules nues pendaient tous les trois mètres, de quoi m'inquiéter dans l'humidité ambiante. Bonne nouvelle, au moins, nous savions où poser nos pieds. Le couloir déboucha sur une porte étanche ressemblant à un sas de sous-marin.

La rouille dégoulinait le long de sa structure tandis que le dispositif rotatif était correctement entretenu. Le corridor qui isolait de l'humidité relative de ce couloir à l'autre partie du bâtiment devait être emprunté régulièrement. Restait à découvrir ce qu'il cachait.

> — Je vous suis, commissaire, passez donc devant.
> — Si ça peut vous rassurer !

Aurais-je dû être réconfortée ? David capturé, Richard kidnappé, et seule avec un garde du corps à deux doigts de la retraite. Je priai pour que nous ne soyons pas confrontés à un face-à -face musclé. Ce vieux beau essayait de me faire croire que sa forme était intacte, mais sa jeunesse était loin derrière lui. Il actionna le mécanisme et poussa la lourde porte.

> — Si Madame veut bien se donner la peine ?
> — Non, non ! Madame ne veut pas. Allez-y commissaire, après vous.

Giffard s'exécuta. Nous pénétrâmes dans une pièce faiblement éclairée et la porte se referma subitement derrière nous dans un bruit qui me fit sursauter.

« À quoi bon soulever des montagnes
quand il est si simple de passer par-dessus ? »
Boris Vian

Chapitre 17

Monastère San Francesco Frogollini, le diable n'est
jamais loin de Dieu.

— Comme on se retrouve, Monsieur Giffard,
et avec une jolie demoiselle en plus !

Mains sur les hanches, une silhouette derrière
nous bloquait la seule issue de retraite possible. Le
contre-jour savamment provoqué donnait une
dimension encore plus cynique à la scène. Nous
fîmes volte-face, mais même si je n'arrivais pas à
distinguer les traits de mon interlocuteur, cette voix
m'était familière.

— Miller ?
— Commissaire Giffard, vous êtes bien la
dernière personne que nous imaginions
retrouver dans nos pattes. Vous avez pris
beaucoup de risques pour un futur retraité.
Que pensez-vous de notre mise en scène ?
Je tiens à saluer votre perspicacité et je

mesure le professionnalisme du vieux briscard que vous êtes.

Miller ne se démontait pas. Il nous contourna et alla s'installer confortablement dans un fauteuil en croûte de cuir. Il parlait posément en tirant consciencieusement sur son cigare. J'invitai Julie à rester en retrait à quelques pas derrière moi.

— Je soupçonnais que vous étiez mêlé à cette affaire, mais je ne m'attendais pas à vous retrouver ici !

— Comme la misère du monde, Giffard ! Nous sommes partout et surtout là où nous pouvons porter notre projet.

— Je suis encore dubitatif, vous semblez ne pas prêter attention à la vie humaine alors qu'elle n'a pas de prix !

— Que vous croyez ! Lors d'un crash aérien, la vie d'un Américain et à moindre coût, celle d'un Européen, vaut-elle le même prix que celle d'un Bangladais ?

— Comment pouvez-vous donner un prix à la vie humaine ?

— Tout simplement en étudiant les indemnisations des compagnies d'assurances lorsqu'elles sont sollicitées dans de si tristes circonstances. Vérifiez par vous-même ! Je tiens à vous dire que vos tentatives de mise en échec de notre plan n'ont servi à rien.

— Vous avez seulement eu de la veine, si elles sont vaines. Et vous, vous servez à quoi ? Depuis bientôt deux mille ans, vous vous prosternez, déguisés et cachés sous vos robes de bure. Vous priez dans l'espoir d'un monde meilleur, pour que chacun ait du pain dans son assiette et ensuite, le cœur soulagé et la conscience tranquille, vous vous mettez à table. Avez-vous au moins mesuré l'efficacité de vos prières ?

— Au diable les dieux et leurs saints ! Il y a bien longtemps que nous avons cessé de prier qui que ce soit. Nous avons pactisé avec le Vatican, les laissant croire que nous allions les aider à étendre leur mainmise sur le monde. En fait, nous avons un objectif pas si éloigné du leur. Nous agissons, nous régulons, nous organisons la paix de ce monde pourri.

— C'est vous qui l'avez corrompu. Personne n'avait besoin d'un Dieu unique générateur de tensions, de guerres qui a fait plus de morts que de saints. Tout comme votre projet de gommer les cultures et les croyances humaines. Et votre place dans ce foutoir, Monsieur Miller, quelle est- elle ?

— Faire et défaire, je travaille pour le gouvernement américain et collabore avec d'autres puissances mondiales.

— Une sorte d'agent double, si je comprends bien.

— J'œuvre pour une seule cause, et la bonne.

— Votre intérêt n'est donc pas dans l'expansion effrénée du christianisme ?

— Je vous l'ai déjà dit, il n'y a qu'une seule cause qui vaille. Disons que je suis là pour faire échouer celle pour laquelle mes supérieurs de Rome me croient investi.

Je fis le tour de la pièce en regardant attentivement le décor. Des coupures de journaux collées sur les portes de placards retraçaient l'attentat qui avait détruit la boutique de chez Chang. Juste en dessous, les portraits de Richard, David, Julie et le mien complétaient le travail minutieux de Müller. L'intégralité de notre identité, orientation sexuelle, préférences musicales étaient détaillées voire surlignées.

— Vous n'avez pas noté à quel âge j'ai perdu mon pucelage ? lança Julie, furibonde.

— Aaaaarrh ! Les services de renseignements ne sont plus ceux de mon époque. Faudrait tout faire soi-même de nos jours.

— C'est vous qui avez tué ce journaliste avec un crucifix ? repris-je

— Ce bon père de famille qui passait ses nuits dans les bras des autres femmes ?

— C'est une raison suffisante pour le poignarder avec un crucifix ?

— Non, sa libido, je m'en moque. Il avait deviné, pire, il nous faisait chanter. Il devenait gênant, dangereux et pouvait potentiellement contrecarrer nos actions.

— Potentiellement ?

— Potentiellement, oui.

— Et ce gamin tout juste entré dans les ordres, méritait-il le même sort ?

— Trop perspicace, celui-ci, il a mis en difficulté notre travail en aidant monsieur Anderson à s'échapper.

— Où est-il maintenant ?

— Le moine ?

— Non, lui on l'a retrouvé, je parle de Richard Anderson.

— À vous de me le dire, j'aimerais bien lui faire la peau, il me reste quelques crucifix en acier à planter.

— Vous n'en aurez plus besoin là où je vous emmène. J'ai bien peur que votre mission ne se termine dans cette abbaye.

— Je vais vite retourner aux États-Unis, je suis sous couvert de l'immunité conférée à ma venue sur votre territoire.

— Ici, nous ne sommes plus sur le sol français. Compte tenu de vos récents états de service dont les journalistes se sont fait des gorges chaudes, je ne suis pas certain que vos bouffeurs de hot-dogs, pardon je veux dire vos supérieurs hiérarchiques, aient envie de cautionner vos actions. Tout a une fin Miller, c'est terminé.

— Soit, je vais vous laisser alors.

— Comment ça, me laisser ?

D'un geste rapide, Miller ouvrit un tiroir de son bureau et mordit dans une capsule de cyanure. Il se leva brusquement et nous claqua un salut militaire venu d'un autre temps. Il s'affaissa les mains plaquées sur la poitrine, pris de convulsions. Le vacarme provoqué par sa chute ne pouvait pas être resté inaperçu, d'autant qu'il renversa l'interphone posé sur son bureau et une bougie qui enflamma aussitôt les papiers éparpillés.

— Commandant Müller ? Allô ?

— On dégage, lançai-je à l'attention de Julie qui était bouche bée.

— Il est mort ? insista-t-elle.

— Pas le temps de vérifier, il en a l'air en tout cas. Le feu gagne, on file vite !

*

— Vous étiez au courant pour cette histoire de chantage ? demanda Julie en courant dans les couloirs du monastère.

— Oui, l'équipe m'a envoyé un rapport par mail avant-hier soir. Elle a trouvé des mouvements d'argent assez importants en faveur de Collins. Savez-vous que les annonces ont cessé depuis sa mort ?

— Il y a peut-être une explication ?

— Il y a toujours une explication, mais là, la coïncidence serait un peu grosse. Des transferts de fonds ont été enregistrés sur son compte en provenance de la banque du Vatican. Le banquier a dû se lasser de lui faire crédit !

— Merde ! En général, ce sont les fidèles qui font des dons à l'Église… Vous croyez que si je leur laissais un RIB, ils pourraient me faire un virement à moi aussi ?

— C'est au contact de votre bonhomme que vous avez appris l'humour ? Un conseil, changez de mec !

*

Nous en avions suffisamment vu pour comprendre que Dieu avait abandonné ce trou à rats. Quelques marches d'escalier semblaient attendre que nous les empruntions. Il était temps de retrouver la lumière du jour. Notre ascension déboucha sur un corridor orné d'une magnifique porte de bois ciré. Trop belle pour une issue de cave…

— Alors, vous comptez les clous de la porte ? Ouvrez-là, vous dis-je. Cette pauvre fille est vraiment nunuche !
— Moi aussi je vous ai entendu ! Je n'y arrive pas, c'est dur.
— C'est sûr, à fréquenter que des types mous, ça doit vous changer !
— Chez vous, seul le caractère est dur, même au réveil !

J'encaissai, l'heure n'était plus à ces enfantillages. Je saisis la poignée et poussai d'un coup d'épaule la porte vieillie par le temps. C'est vrai qu'elle était difficile à ouvrir.

*

— C'est une catastrophe, commissaire. Nous sommes arrivés à trois pour retrouver Richard et nous quittons ce lieu à deux sans aucune piste.

— Nous ne repartons pas bredouilles. Ils ne sont pas idiots, je suis confiant dans leur instinct de survie. Gardez espoir ! Si ça se trouve, ils sont en train de détaler à toutes jambes à travers cette oliveraie, comme des lapins à la recherche d'une carotte fraîche.

— Ou poursuivis par une meute de loups, et là il y aurait moins de charme ! Même si Richard n'a rien à se reprocher, si ce n'est son excès de curiosité, il a le don de se mettre dans des situations improbables… Mais au fait, on ne se connaît pas. Avez-vous des enfants ?

— Oui, un seul, il se prénomme Richard !

Le commissaire sourit, essayant de tenir le rythme. Une barrière lui imposa une halte salvatrice. Je jetai un coup d'œil en arrière pour m'assurer qu'il me suivait toujours. Je fus obligée de stopper ma course et fis mine de refaire un lacet. L'homme payait cash son manque d'activités sportives. Il avait dû sécher les entraînements que son métier lui imposait.

— Continuez, ne m'attendez pas, fuyez !

— Non commissaire, je ne vais pas vous lâcher maintenant. D'ailleurs, je ne sais pas dans quelle direction aller.

— Celle opposée à l'incendie, pardi !

— Merci, prenez-moi pour une gourde !

— Il faut rejoindre la route et retrouver le combi. Tenez, là-bas, je distingue à travers les arbres une masse informe orange et verte. La nature ne peut pas créer une chose aussi vilaine, elle n'est pas si rancunière !

Une épaisse fumée se dégageait du monastère, nous enveloppant d'un écran protecteur. Malgré son âge, le véhicule démarra au quart de tour. Seule la boîte de vitesse manifesta son mécontentement, réclamant un peu plus de douceur.

— Que fait-on maintenant ? demanda Julie
— Nous partons pour Rome.
— Que voulez-vous que nous fassions là-bas ?
— Retrouver votre bonhomme avant qu'il ne fasse une bêtise et qu'il ne soit trop tard !
— Richard serait à Rome ?
— Tout me laisse croire qu'il a compris que le Vatican était le commanditaire de cette affaire.

« La vie, c'est comme une bicyclette, il faut
avancer pour ne pas perdre l'équilibre. »
Albert Einstein

Chapitre 18

Toscane, dans les environs de Florence,

Assis sur le rebord de la fenêtre, je regardais la
Toscane m'offrir ses couleurs automnales. Les
feuilles commençaient à regretter l'été, les enfants
tentaient de prolonger leurs jeux de ballon tandis
que les adolescents lâchaient la main amie qu'ils
avaient eu tant de mal à saisir au printemps passé.
Pourtant malgré la sérénité de ce décor, j'avais le
vague à l'âme. Julie… Elle me manquait tellement.
Je l'espérais en bonne santé et en sécurité.

J'étais devenu anxieux à la vue d'un quotidien.
Chaque parution, même lorsqu'il ne s'agissait pas
du premier jour du mois, me faisait froid dans le
dos. Je redoutais d'y trouver la photographie de
Julie ou l'annonce d'un nouveau drame.

Le phénomène était apparu en mars avec la
prophétie numéro 3 et depuis, les évènements
n'avaient fait qu'empirer. Celle de septembre, la

neuvième sur quatorze, était à mes yeux la plus importante, en tout cas la plus inquiétante. Un attentat était imminent. Allais-je le déjouer à temps, faisant par la même occasion capoter cette conspiration ?

Heureusement, j'avais pris le soin, sur les conseils avisés de Julie, de copier tous mes documents sur l'espace de stockage de notre messagerie. Le bureau de poste du village me permit d'utiliser pour la énième fois l'ordinateur public afin de les consulter. Le regard insistant de la préposée au guichet me confirma qu'il était temps de payer mes connexions ou d'imprimer une bonne fois pour toutes mes trouvailles. De retour à ma planque, j'entrepris de les cacher derrière mes chemises, en haut de l'armoire. J'intitulai mon dossier « Conspiration Ezéchiel », car c'était bien au sommet de l'état pontifical que se jouait cette partie malsaine.

Le frère Francisco m'avait aidé à plusieurs reprises et j'espérais qu'il avait pu fuir le monastère après moi. Au péril d'être découvert, il m'avait dans un premier temps, confié un Ancien Testament me mettant sur la piste d'Ezéchiel. Ensuite, il n'avait pas hésité à rompre son vœu de silence monacal pour s'insurger du traitement que je subissais. Profitant de la nuit venue, il m'avait exfiltré de la cellule où j'étais enfermé à la merci de ce fou de Müller. Nous n'avions pas pu partir ensemble car il tenait absolument à verrouiller l'issue derrière moi afin de brouiller les pistes. J'avais pour seul bagage un morceau de papier sur lequel il avait griffonné à la hâte l'adresse à laquelle nous devions nous retrouver. J'étais maintenant hébergé par un couple de vieilles personnes qui ne prononçaient jamais un mot. Mon laissez-passer avait suffi à ouvrir la porte de ces braves gens. La femme était partie en sanglots en reconnaissant l'écriture que je devinais être celle de son fils. Cela faisait plusieurs semaines que je le guettais et mon inquiétude grandissait au fur et à mesure que l'espoir de le revoir diminuait. Il fallait que je me résigne si je ne voulais pas que son sacrifice soit vain. Le vieil homme me devança, ce qui m'arrangea.

— Il faut partir, maintenant. L'attente est trop longue, il ne reviendra pas.

Ces mots que je redoutais résonnèrent dans ma tête. Planté devant moi, il semblait porter toute la misère de la terre. Son visage usé par le soleil avait durci ses traits, ses mains tremblaient, une larme coulait lentement jusqu'à la commissure de ses lèvres ou coin de sa moustache.

— Ce n'est rien, c'est la cataracte, dit-il, s'apercevant que je regardais ses yeux humidifiés.

Je détournai la tête par pudeur, profitant d'un des derniers éclats de rire des enfants qui s'éclaboussaient au pied de la fontaine du village.

> — N'en touchez pas à un mot à sa mère, reprit-il. Tenez, je vous confie les lettres qu'il nous a fait parvenir. Elles sont inquiétantes, certainement bourrées d'indices qui à n'en pas douter vous aideront. Retrouvez-le-nous, c'est notre fils unique.

Il m'emmena dehors et me montra un triporteur appuyé contre l'escalier de pierre de la maison dont la publicité peinte vantait la succulence des pizzas locales.

> — Merci pour tout. Promis, je vais vous le ramener.

Il avait fait bonne figure devant sa femme, mais son inquiétude se lisait sur son visage. Je me doutais bien que ce paquet de lettres devait représenter des choses importantes pour ce père. J'entendais bien les lui restituer le plus vite possible, mais pour l'instant il me fallait retrouver ce gamin.

*

Je vous le ramènerai, comment avais-je pu faire

cette promesse et qu'avait-il entendu ? Moi, je parlais du tricycle, mais je suis sûr que lui avait compris que j'allais lui ramener son fils, alors que je peinais déjà à me sauver moi-même. Le paquet de lettres dans mon blouson et ma valise déposée dans la caisse en bois, je pédalais sans avoir décidé de ma destination. Il ne me restait plus qu'à quitter ce village, un peu hagard, et sonné par les déclarations de ce père suppliant.

Quarante-trois kilomètres avec un engin pareil, c'était largement suffisant pour aujourd'hui ! Ma première halte fut pour prendre un peu de repos dans la première auberge présente sur mon chemin. Le vélo n'était pas fait pour moi. Cette satanée selle avait décidé de broyer mon intimité et mes jambes refusaient de faire tourner ce pédalier plus longtemps.

Quelques euros suffirent à convaincre le tôlier que son établissement n'était pas complet. Les regards de travers des habitués furent dissipés par quelques verres de vin blanc du pays, à tel point que mes nouveaux potes souhaitèrent tous essayer le triporteur et traîner ma valise jusqu'à ma chambre.

Le patron brandit une bouteille à destination des clients de son établissement tout en me regardant.

— Je vous en sers une autre larme, le Français ?

— Une larme d'espoir, si vous le voulez bien !

— Dans un verre à œil alors ?

Je n'avais pas l'esprit à faire de l'humour. J'avais pédalé toute la journée. Entre la fuite et l'envie d'en découdre, le moral n'y était pas. La nostalgie de notre vie douillette gagnait et pire, notre couple risquait de tout y perdre.

Le tôlier poussa devant moi un verre rempli à ras bord.

— Tenez, me dit-il, j'ai transformé votre larme en gros chagrin ! Je vous montre votre chambre Signore « Morose » ?

La fenêtre de la pièce était munie de barreaux, je quittais donc une prison pour une autre. Devant mon regard stupéfait, il se crut obligé de faire une nouvelle fois de l'humour.

— C'est pour que les clients ne partent pas sans payer ! Bon, décidément, vous n'êtes pas très réceptif ! me lança-t-il en claquant la porte devant mon manque de réaction.

À nouveau seul, J'avais hâte d'en prendre connaissance de ce paquet de lettres ficelées avec une cordelette de chanvre brun.

Les premières correspondances de frère

Francisco étaient touchantes. Ce jeune homme à peine sorti de l'adolescence décrivait la joie d'avoir trouvé sa voie dans cette communauté religieuse. Il faisait état de tout l'amour qu'il portait à ses parents. Le départ avait dû être mal vécu par les siens, tant il insistait pour justifier sa décision de se mettre au service de Dieu. Au fur et à mesure de ma lecture, le ton devenait plus soucieux, laissant parfois entendre que le sacrifice pouvait être grand pour mériter l'amour du Christ. Il ne se cachait pas pour exprimer son désaccord avec les directives de ses supérieurs. Plus tard, il s'inquiétait de la santé de sa mère. Le ton était moins enjoué, le pays lui manquait, mais il ne semblait pas regretter son choix. Il faisait cependant état d'une atmosphère qui se dégradait dans la communauté religieuse, ainsi que de son incompréhension de la voir s'armer et pas avec n'importe quoi, des kalachnikovs ! Une action était prévue pour le 9 prochain. La congrégation devait porter à la vue du monde la parole d'Ezéchiel.

On frappa à la porte pour m'apporter une collation. Avant d'ouvrir, je pris soin de jeter un pull sur la correspondance étalée sur mon lit.

La dernière lettre était datée de la veille de mon évasion. Ensuite plus rien. Le contenu de ces courriers prenait une dimension inquiétante dans la pénombre qui envahissait doucement la minuscule chambre de cette auberge. Au fur et à mesure de ma lecture, j'avais imaginé l'angoisse grandissante et la confusion qui devaient régner dans la tête de celui qui découvrait l'horreur de la trahison des vœux de ses semblables.

La nuit était tombée depuis longtemps, mais la douceur de la température italienne ne m'avait pas alerté de l'heure tardive. Malgré ma difficulté à trouver le sommeil, Morphée accepta que je me réfugiasse dans ses bras.

*

J'avais l'impression d'être enfermé dans un bocal en verre sans oxygène. Plus je me débattais, plus sa taille rétrécissait. Mon front perlait et je suffoquais à la recherche d'une bouffée d'air pur.
Heureusement pour moi, le brouhaha de l'auberge m'extirpa de ce cauchemar. Il me fallut quelques secondes pour retrouver une respiration calme et rythmée. Il était près de 11 heures, je devais avoir du sommeil à rattraper pour ne pas m'être réveillé plus tôt, moi qui ne supportais pas d'être alité sans une bonne raison, rousse de préférence. Quelques étirements plus tard, mon pied prit contact avec le sol. Une migraine méritée m'arracha la tête en doux souvenirs des canons que nous avions descendus la veille. Le plus dur restait à payer, pas la note de l'hôtel, non, mais les kilomètres à parcourir vers ma Julie d'amour.

— Tiens, v'là le Français ! déclara, haut et fort, le patron campé derrière sa tireuse à bière.

Les habitués eurent un sourire tout en me regardant. Quelques-uns espéraient profiter de ma générosité d'hier ; d'autres retardataires, mais prêts à croire n'importe quoi, se précipitaient pour vider leur gobelet et le tendre de nouveau. J'étais assez mal à l'aise devant cette population qui s'exprimait dans une langue volontairement inconnue.

Le patois est international, vive l'Europe ! Aucune décision bruxelloise ne le supprimera, j'en avais la preuve dans les oreilles. J'avais prévu de quitter l'auberge tôt ce matin pour pouvoir éviter la chaleur écrasante de la journée avant mon départ. Le patron me proposa une collation pour quelques euros supplémentaires.

— Tenez, je vous l'emballe dans le journal du jour, ça vous fera de la lecture.
— C'est un canard bio, j'espère ?
— Les rubriques « bio » sont en dernière page.
— Laissez tomber.

Le vélo a au moins la vertu de permettre de réfléchir tout en se déplaçant. Les précieux témoignages de frère Francisco n'avaient fait que confirmer mes soupçons. La neuvième prophétie tournait en boucle dans ma tête comme une rengaine. J'étais de plus en plus persuadé d'une action imminente.

Quelques kilomètres plus loin, le pique-nique fourni par l'aubergiste commença à solliciter mon appétit. Juste au-dessous de mon nez, l'odeur du pain frais, ficelé sur le guidon, venait chatouiller mes narines. J'avais bien mérité une pause après tout, depuis le temps que je m'évertuais à faire tourner ce pédalier.

L'idée de mettre pied à terre me donna le courage de grimper la côte sur laquelle j'étais engagé. Une voiture noire aux vitres fumées me frôla de justesse. Un fou de plus qui prenait la route pour un terrain de jeu, j'aurais juré qu'il l'avait fait exprès. Le triporteur jeté dans le fossé, je m'effondrai dans l'herbe haute, hors d'haleine. Le tôlier n'avait pas oublié de mettre dans le panier le reste de la bouteille de vin de la veille. Une rasade bien méritée me permit de retrouver un semblant de souffle pour déballer mon sandwich. Je ne savais même plus la date du jour et ce fut la première chose que je fis en dépliant le journal. Nous étions le 8 du neuvième mois du commencement de ce cauchemar. La une de La Repubblica faisait état des préparatifs, en vue du rassemblement place Saint-Pierre, de la célébration de la fête de Pâques. Pâques et Noël étaient les seules apparitions du Pape à sa fenêtre. Une bénédiction tant attendue par la foule de fidèles massés pour l'occasion.

Demain, le 9 du neuvième mois, la neuvième prophétie ! J'avais juste un jour devant moi pour déjouer l'attentat !

Le vélo à aussi le défaut de permettre de gamberger tout en se déplaçant.

Conspiration Ezéchiel

« Pas de liberté pour les ennemis de la liberté. »
Antoine de Saint-Just — 1767-1794

Chapitre 19

Monastère de San Francesco Frogollini, 8 h 40.

— Au suivant ! criait, euphorique, ce moine
marteau, piqueur de surcroît. Le liquide
commençait à m'exploser les tympans, au
suivant, au suivant, la chanson de Brel
tournait et retournait dans ma tête, qui elle-
même ne tournait plus très rond.

Mélangé dans ce groupe de malades en robe de
bure, je partais pour je ne sais quelle destination.
Conduit par deux moines à l'accent québécois, nous
montions en file indienne prendre place dans un
van. Un plus doué que les autres nous bénissait avec
la palme, symbole des martyrs. La conversation
avait tendance à dégénérer parmi les passagers, sans
doute un des effets secondaires de l'injection que
nous avions reçue. Personnellement, j'étais stone, le
monde autour de moi aussi. J'avais beau chercher le
soleil au milieu de cette nuit, cette injection de
Pervitine m'explosait la citrouille.

— Il va être mortel, leur rassemblement, à ces culs bénits.

— Déconcertant, non plutôt détonant !

— Je ne sais pas, mais on va au moins leur plomber l'ambiance.

— Mes frères ! Allons, cessez vos jeux de mots pourris. Ce soir, nous sommes les sentinelles de Dieu. Priez et demandez-lui de vous donner le courage d'accomplir la neuvième prophétie d'Ezéchiel. Il faut que nos semblables retrouvent la foi. Quittez vos robes de bure et revêtez ces djellabas, n'oubliez pas votre keffieh et criez « Allah Akbar » à mon signal ! Holocaustum, holocaustum ! Donnez votre vie pour votre foi !

Des fous, et furieux de surcroît, voilà qui étaient ces fils de… Dieu. Il me restait juste à trouver une solution pour faire capoter leur scénario. L'AK47 entre les jambes, j'étudiai chacun des personnages qui composaient cette expédition. Heureusement pour moi, je n'étais pas le seul à ne pas être tonsuré, ce qui me permettait de me fondre dans le groupe. Les tondus avaient en commun un tatouage sur l'avant-bras représentant un Y suivi du chiffre 7, les chevelus non.

— Tu admires mon tatouage, jeune frère ?

— Euh oui, moi je n'en ai aucun, dis-je en cachant sous ma manche mon « peace and love ».

— Quand tu auras prononcé tes vœux, tu pourras arborer les mêmes. Regarde, le premier correspond à l'Y de Pythagore. Deux branches : l'une mène à la vie l'autre à la mort. Le chiffre 7 lui, fait référence à l'Apocalypse.

— Parce que l'Apocalypse est représentée par un chiffre ?

— Tu devrais étudier davantage ! 4 pour les 4 points cardinaux c'est-à-dire la Terre, et 3 pour la Trinité, le Père, le Fils et le Saint-Esprit, soit le ciel. Additionne le tout et tu obtiens le monde, soit 7, le chiffre parfait.

— Ah oui, à ce point ! Faut que je révise, effectivement !

— Tu es encore jeune. Fie-toi à moi et je t'enseignerai ce que tu dois savoir pour honorer notre bien-aimé Ezéchiel.

— Où allons-nous ?

— Faire péter l'église de Rome. Nos frères chrétiens seront martyrs ce soir, mais s'ils ont vraiment la foi, alors le paradis s'ouvrira à leurs pieds.

— Le doute n'est plus permis de nos jours, *irrécupérable celui-là !*

— Pardon ?

— Non rien. Rien que je puisse te dire, crétin.

— Parle plus fort ! Avec ce bruit, je ne te comprends pas.

— Non rien, rien que je puisse te dire, tu es un bon chrétien.

Satisfait, il esquissa un sourire et se mit à essuyer sa pétoire.

Le van ralentissait à l'approche de la place Saint-Pierre. Une foule immense devait être présente pour la fête de Pâques. Les fidèles se rassemblaient tous les ans pour recevoir la bénédiction solennelle urbi et orbi, sûrs que cette année, ils allaient en avoir pour leur argent. Moi, j'étais toujours aussi dépourvu d'idées pour faire capoter cet attentat.

— Je descends le premier ! C'est ma première action et je souhaite vous montrer combien je suis rallié à la cause de notre Seigneur.

Les mots étaient sortis tout seuls de ma bouche à la grande stupéfaction de mes congénères, un peu gênés du ton que j'avais employé sans en demander l'autorisation à l'abbé. J'avais bien l'intention de m'extirper de ce guêpier avant de me faire piquer, et de prévenir les badauds qui normalement devaient être en train de se rassembler à l'extérieur.

— Inch Allah, répondirent les mercenaires de Dieu. Si Dieu le veut, ajoutèrent les novices.

— Mais vous n'entendez point derrière, j'vous dis qu'il y a un problème !

Les têtes de moines se tournèrent en direction du chauffeur à l'accent québécois. Il avait stoppé le van et se grattait la tonsure en soupirant.

— Que se passe-t-il ? demanda l'abbé en charge du groupe.

— C'est ben ciboère ! Tabarnac ! J'peux pas le croire, la place Saint-Pierre est vide ! Tu ne vois pas ? Ce n'est pas normal, ça !

Une bordée de jurons plus tard, que Dieu leur pardonne, et le chauffeur tentait désespérément de redémarrer le van sans succès.

— C'est bien maudit cette auto qui ne tousse point !

— Décrisse-toé d'icitte, le niaiseux ! lança le moine assis à côté de lui.

Le van se décida à avaler son gasoil alors que des gyrophares bleus et jaunes entouraient notre véhicule. Le GIS avait pris procession de la place sans que nous nous en rendions compte. Sans répondre aux ordres du mégaphone, un des cinglés s'évertuait à amorcer le dispositif de mise à feu de sa bombe. À sa plus grande déconvenue, elle fit pschitt. Trouvant le moyen d'enflammer ses habits, il ouvrit la porte arrière du van pour sortir bras en l'air sans attendre la décision du groupe. Je profitai de l'aubaine pour lui emboîter le pas. Une rafale de tir le faucha alors qu'il s'affalait à terre en appelant sa mère.

— Cessez-le-feu ! cria Giffard.

*

Il était 11 h. Giffard était là, en première ligne au beau milieu de la place Saint-Pierre. Il me reconnut aussitôt et fit signe à ses collègues de m'écarter, expliquant que j'étais un otage.

— Vous revoilà, espèce de planqué ! me lança-t-il avec un sourire rassuré.

Personne ne se précipitait pour éteindre le feu qui grignotait les orteils du moine. Je crus même à un moment que Giffard allait profiter de l'occasion pour allumer son cigare tant sa compassion semblait feinte.

Assis sur le rebord arrière de l'ambulance, le secouriste m'ouvrait ses portes comme une mère tend ses bras maternels. La Pervitine commençait à se dissiper et n'avait pas eu l'effet escompté sur mon organisme, si ce n'est de m'avoir collé une migraine carabinée.

Un vélo traversa la place Saint-Pierre, se précipitant vers la scène de l'attentat. Giffard surpris, fit de nouveau signe à ses collègues qu'il n'avait pas commandé de pizza, mais qu'il connaissait le gugusse qui peinait à faire grincer son pédalier. Un visage familier s'approcha de moi et me réconforta. Ce fantôme de Richard, que nous cherchions depuis maintenant deux semaines, me prit la main pour me rassurer.

— David, enfin ! Où est Julie ?
— Pas loin, dans une voiture du GIS, à l'abri. Giffard ne lui a pas trouvé de gilet pare-balles à sa taille.
— T'es toujours aussi con... Attends-moi là, Cro, je vais faire descendre la température de ce pauvre bougre. Je le reconnais, c'est un des frères pois chiches. J'aimerais bien qu'il me raconte une histoire avant de partir pour l'hôpital.

Les flammes avaient été circonscrites par un pompier du Vatican qui extincteur à la main n'en revenait pas. Les ambulanciers s'affairaient autour du faux moine pour le maintenir en vie.

— Mais pourquoi cet attentat, lui dis-je ? Soulagez votre conscience !

Après une quinte de toux, où il soulagea d'abord son estomac et ses intestins, il reprit sa respiration et me regarda droit dans les yeux. Les siens étaient remplis de haine et de terreur.

— Les ordres !
— De qui ?
— Notre évêque du diocèse.
— Et lui, d'où reçoit-il les siens ?
— D'encore plus haut, vous n'en êtes qu'à quelques mètres.
— Du Vatican ?
— La maison de Pierre.

Sa main tremblait en pointant son doigt vers les appartements du pape. Il rendit l'âme en s'étouffant dans son propre sang.

À quelle pierre avait-il voulu faire allusion ? Toute la subtilité résidait dans un masculin ou un féminin pluriel. Pierre l'apôtre ou la maison de pierres ? Il n'avait jamais été clair celui-là !

Giffard prenait en charge David. Il était temps d'éclaircir cette histoire une bonne fois pour toutes !

« Si Dieu était élu démocratiquement par tous les fidèles,
si ses revenus étaient soumis à l'impôt et
S'il était tenu de prendre sa retraite à soixante-cinq ans.
. Je deviendrais peut-être croyant. »
Philippe Geluck

Chapitre 20

Vatican, appartements pontificaux.

Je le tenais en joue, mon Glock pointé dans sa direction. Il ne cillait pas, bien au contraire, comme si la situation semblait le détendre, présageant la fin de cette partie de cache-cache.

— Vous êtes l'instigateur de toute cette mascarade, n'est-ce pas ? Vous êtes un assassin de la pire espèce, bien plus que je ne pouvais l'imaginer.

Le Pape se précipita sur le téléphone de son bureau et appuya frénétiquement sur un bouton d'appel d'urgence. Il laissa sonner, inquiet de ne pas avoir de réponse immédiate. Celui que Giffard m'avait confié avant de nous séparer Place Saint-Pierre vibra dans ma poche. Je le sortis et le jetai en direction du Pape décontenancé.

— Trop tard, je crois que personne ne va décrocher. J'ai le regret de vous annoncer le décès de votre dévoué Müller. Il n'est pas mort au combat. N'ayant pas voulu assumer ses actes et ses choix, il a mis fin à ses jours. Vous semblez déçu ? Je sens qu'il n'a pas assuré la parfaite réalisation de la mission que vous lui aviez confiée. Giffard vient de me l'apprendre. Je vois que les relations entre le IIIe Reich et le Vatican n'ont jamais cessé. Je comprends mieux pourquoi le Vatican n'a jamais demandé pardon. Les sujets étaient nombreux pourtant : la question polonaise, la défaite de la France, l'attaque allemande contre l'Union soviétique, et l'entrée en guerre des États-Unis. Ah, j'oubliais l'essentiel, votre silence, pour ne pas dire votre approbation, face aux crimes nazis, notamment l'extermination des Juifs. Vous êtes resté fidèle au concordat de 1933 et à votre bien-aimé Pie XII. Je ne vois pas de miroirs dans vos appartements, peut-être n'arrivez-vous plus à vous regarder ? Je comprends, ça doit être dur tous les matins de supporter le poids de ses décisions en totale contraction avec la foi de ces fidèles qui vous acclament dehors !

— Quelle belle tirade, Monsieur Anderson ! Que croyez-vous que nous fassions ? Notre projet de retour du Christ n'avait qu'un seul objectif, celui de contenir un monde qui sombre dans la décadence. La peur nous permet de le contrôler, faute de le diriger.

— Et cette bande de moines qui se promènent avec des kalachnikovs sous leurs robes de bure ?

— Djellaba ou robe de bure, depuis quand l'habit importe-t-il ? Les premiers ne sont que des chefs de guerre sanguinaires qui n'ont aucun rapport avec l'islam, les deuxièmes, des fanatiques religieux qui croient dur comme fer au retour du Christ. Ils s'imaginaient tous avoir une mission divine. Nous nous en sommes servis, je l'avoue.

— En toute impunité, en toute liberté ?

— Nous avons les mains déliées depuis 1929, date de la création de notre État.

— Vous avez fait un pacte avec le diable en finançant le terrorisme islamiste.

— Nous n'avions plus le choix, tous les dictateurs du Maghreb ont été déchus, tués ou exilés. Ne pensez pas que nous les portions dans nos cœurs, mais ils avaient le mérite de tenir le peuple et de juguler ces petits chefs politico-religieux.

— Et le projet Blue Beam, ça vous parle ?

— Oui, je connais ce projet. Que croyez-vous ? La bibliothèque du Vatican est l'une des plus fournies du monde. Cette invention technologique a fait couler beaucoup d'encre et au passage nous a coûté une petite fortune.

— Je vois que le sujet ne vous est pas inconnu. Plus efficace que votre Pervitine, vous l'admettrez.

— Pour tout vous dire, nous y avons cru et y avons engouffré des sommes colossales, sans aucune certitude de son bon fonctionnement. Nous avons dû trouver des solutions moins scientifiques, mais tout aussi commodes. Vous voyez, nos intentions ne sont pas aussi belliqueuses que vous le soupçonnez. Bien au contraire.

— Vous vous êtes servi de l'islam et de vos pseudo-islamistes pour faire votre sale besogne. Ensuite honnis par le monde entier, il vous était plus facile d'arriver en sauveur, renforçant votre présence et la ferveur de vos fidèles. Ce n'est donc pas celui du Christ, mais le retour de votre autorité, jamais vous n'avez cru un instant à vos soi-disant saintes Écritures.

— Comme mes prédécesseurs, j'ai œuvré pour la paix dans le monde. Tous les moyens étaient bons pour l'obtenir. Vous allez baisser votre arme, Monsieur Anderson. Si vous révélez à la presse cette supercherie, qui sera gagnant ? Le Bien ou le Mal, et à qui profitera ce scandale ?

— Dans cet article sont résumés les abîmes, en rien spirituels, dans lesquels l'Église est tombée. Vous êtes responsable et accusé de corruption, de blanchiment d'argent, de manipulations financières occultes. Votre soif de pouvoir vous a entraîné dans des guerres fratricides n'hésitant pas à avoir recours à des vols massifs de documents secrets. Et tout ça pour quoi ? Pour imposer une vérité officielle avec des méthodes modernes qui allait préserver vos prérogatives et privilèges face aux institutions religieuses et financières. En fait, vous ne valez pas mieux que votre prédécesseur. Ça va vous faire quel âge ? Près de 80 ans et si je ne m'abuse, vous avez perdu votre droit de vote au Concile, en raison de votre grand âge. De plus, votre santé s'affaiblit. La rumeur dit que vous n'arrêtez pas de tomber dans les escaliers du couvent de Santa Marta. Il est peut-être temps de mettre un terme à votre ministère et de rejoindre ainsi dans les jardins du Vatican l'autre pape émérite, fidèle parmi les fidèles de votre bien aimé Führer.

— Et on se retrouverait dans cette situation inédite et inouïe d'avoir bientôt un successeur de saint Pierre en exercice et deux à la retraite ?

— Qui en sera choqué ? Certainement pas les victimes de vos crimes pédophiles, encore une manigance pour détourner les regards loin de vos agissements !

— Vous ne manquez pas d'imagination, Monsieur Anderson, mais vous n'êtes pas si loin de la vérité.

— Vous allez démissionner ?

— Un Pape ne quitte pas son ministère. Il sert son Seigneur tant que celui-ci ne le rappelle pas à lui.

— Il y a eu des précédents et dans votre cas, je crois que la communication est coupée depuis longtemps avec votre supérieur. Alors que décidez-vous ?

— Vous avez déjà ruiné nos plans, laissant place à cette décadence planétaire, cela ne vous suffit pas ?

— Je vous donne trois jours.

— Laissez-moi réfléchir.

La porte de l'appartement s'ouvrit avec en tête

Giffard escorté de Crowder et d'une escouade de gardes suisses.

— Hé ! Richard, tu en tires une mine, on croirait que tu es prêt à te marier ! Allez, laisse tomber, mon vieux, ne fais pas l'imbécile, lança David.
— Baissez cette arme, Anderson, c'est terminé, ajouta le commissaire.
— Oui, c'est terminé. Nous n'avons plus rien à nous dire.

Crowder regarda le Pape avec un air de dégoût. Il sortit à son tour un pétard de son sac et lui envoya.

— Tiens Sa Sainteté, celui-ci t'enverra au ciel, c'est de la bonne. Il claqua la porte, derrière lui laissant le pontife pantois.

Richard remit son arme au commissaire et sortit des appartements du Pape, encadré par Giffard et les gardes suisses.

— Comment supportez-vous la pression, commissaire ?
— L'anxieux s'attend toujours au pire en espérant le meilleur. L'optimiste espère

toujours le meilleur quitte à se contenter du pire. Tous deux espèrent.

— Rassurez-moi là, ce n'est pas naturel, vous le faites exprès ? Putain, que vous être lourd !

Giffard eut un petit sourire, satisfait de son effet.

— Anderson, quand et comment avez-vous compris que c'était lui qui tirait les ficelles de cette histoire ?

— Eh bien j'ai commencé à comprendre quand j'ai rencontré deux bedeaux benêts, un curé curieux et un prélat qui se prélassaient sous un préau.

— Nan ! reprit Giffard vous n'allez pas recommencer avec vos explications soûlantes !

— Mais il faut bien que je décrive la scène qui m'a mis sur la piste, non ?

— Nan je ne veux plus rien entendre, je me fous de vos explications, d'ailleurs, je ne veux plus entendre parler de vous trois.

— Et le combi de David, qu'est-il devenu ?

— J'ai été contraint de le conduire pour le ramener.

— Contraint pff... je le trouve superbe, moi !

— On voit bien que vous n'avez pas traversé la France avec !

« La liberté, c'est de pouvoir choisir celui
dont on sera l'esclave. »
Jeanne Moreau

Epilogue

Les forces de l'ordre italiennes avaient réussi
sans peine à dissiper les manifestants adeptes des
thèses conspirationnistes. Les balayeurs poussaient
les tracts laissés par les touristes en espérant
disperser les dernières heures restantes de leurs
journées de travail. J'arrivai à me frayer un chemin
parmi tous ces balais jusqu'à notre point de
rencontre. Notre hôtel était à deux pas de la place
Saint-Pierre. Nous nous étions donné rendez-vous
pour un ultime verre avant notre retour à Paris. Le
soleil brillait et nous offrait un ciel d'un bleu
immaculé. Je n'avais pas apprécié sa chaleur sur ma
peau depuis bien longtemps. Peut-être que dans la
tourmente, je n'y avais pas prêté attention. C'était
certainement sa façon à lui de saluer la fin heureuse
de ce qui aurait pu être une tragédie si nous n'étions
pas intervenus avant que les choses ne dégénèrent.
Les rues étaient animées en cette période de Pâques.
Les touristes avaient de nouveau envahi les
monuments historiques de la ville. Les étals des
kiosques à journaux regorgeaient de quotidiens qui

commençaient à relater la tentative d'attentat. La photographie du souverain pontife y avait sa place en première page.

Une cohorte de vendeurs à la sauvette avaient en un clin d'œil troqué chapeaux et des bouteilles d'eau fraîche contre des porte-clefs à l'effigie du Pape. Une brillante démonstration de l'adaptation de l'offre et de la demande.

Nos soucis prenaient fin. Giffard nous avait accompagnés sans se faire prier. Le bonhomme avait gagné toute notre sympathie. Sans lui, que serions-nous devenus ? Il était impatient de découvrir les locaux de la nouvelle Cité judiciaire au 36 rue du Bastion. Il espérait seulement que ses dossiers et affaires personnelles aient suivi sans encombre. Assis à la terrasse de l'Antico Caffè San Pietro, nous prenions le temps de choisir quel type de café « latte » nous allions déguster. La serveuse à peine aimable s'impatientait devant nos hésitations.

— Aussi agréable que la secrétaire médicale de votre hôpital, Julie ! Encore une qui est bête comme ses pieds, mais elle, au moins, chausse du 36 !

— Ah, vous n'allez pas recommencer avec ça, commissaire ?

— Mais non, je vous taquine.

— Attendez, mon téléphone sonne !

— Julie fouilla dans son sac avec une frénésie dont seules les femmes savent faire preuve quand il s'agit de chercher quelque chose à l'intérieur. À croire qu'elles y cachent tous les secrets de leur vie !

— Madame Caslaux ? Je suis l'associée de madame Félicie Tassion, votre avocate. Je viens de prendre connaissance des journaux du jour. J'ai lu que vous aviez retrouvé votre compagnon en Italie. Nous nous félicitons que vous vous soyez rabibochés après cette petite fugue. Vous savez, parfois les hommes ont besoin de se prouver qu'ils sont encore capables de séduire et... allô ?

Julie avait déjà raccroché et remis le portable dans son sac. Son visage fermé montrait sa contrariété.

— Tu as l'air chiffon, lui demanda David, tu as reçu une mauvaise nouvelle ? Si tu désires quelque chose, n'hésite pas.

— Oui, une petite culotte, car je vais devoir en offrir une à Barbie.

David s'en amusa, mais Giffard et Richard ne comprirent pas.

*

Après ces chamailleries, nous tentâmes de recoller tous les morceaux de cette périlleuse épopée. Chacun apportait des précisions sur ses péripéties. Nous avions suffisant de matière pour écrire un récit, mais personne ne voulait se lancer dans cette aventure, craignant des représailles.

— Nous avons frôlé la mort de peu, lâcha Giffard, mais on n'a pas tout perdu ! ajouta-t-il, aussitôt.

Le commissaire sortit plusieurs liasses de billets de la poche de son imperméable et les posa sur la table, sous le regard médusé de la serveuse qui commençait à rêver en voyant un tel pourboire.

— D'où sortez-vous ça ?
— Du bureau de Müller, ça me faisait mal au cœur de les laisser à la proie des flammes.
— Que comptez-vous en faire ?
— Tenez, vous les donnerez à votre Chinois, ça l'aidera à reconstruire sa boutique.

Richard serra la main réconfortante de Julie posée sur sa cuisse.

— Hé, l'émotif, tu ne vas pas me verser une petite larme quand même ? s'empressa de dire Julie.

— Non, mais je vais lui envoyer une carte postale de ce pas.

David, fidèle à lui-même essayait de relativiser et de détendre l'atmosphère.

— Et quelle a été votre réaction quand vous avez compris que Miller était couvert par votre hiérarchie ?

— Les bras m'en sont tombés, s'exclama le commissaire.

— La médecine réparatrice fait des miracles, maintenant. Dites-nous, existe-t-il une madame Giffard ?

— Vous êtes bien curieux ! Oui, il y a une femme dans ma vie.

— Elle s'appelle comment ?

— Léa.

— Léa comment ?

— Léa Ricaud. Et puisque vous avez envie de tout savoir, nous nous entendons très bien.

— Vous voulez dire... Aïe ! !

Julie balança un coup de coude à David qui allait trop loin.

— Il veut tout simplement dire qu'ils forment un couple équilibré, tout ce qu'il y a de plus normal, David.

— C'est vrai qu'avec un nom pareil ! Moi, je n'aime pas les légumes verts.

— Continuez donc à tirer sur votre joint, le toxico !

— Incitation à l'utilisation de drogue, c'est stupéfiant pour un commissaire de police.

— Plus sérieusement, intervint Richard, ne croyez-vous pas que nous devrions avertir les médias ? Des résurgences de ce réseau pourraient ressortir dans quelques années, nous avons juste eu de la chance sur ce coup.

— Collins ne peut pas en dire autant… Divulguer cette histoire n'aurait comme effet que d'affoler la population et de faire entrer le ver encore plus profondément dans la pomme.

— Nous n'avons pas tous le besoin d'avoir les mêmes informations !

— Vous sous-entendez que nous ne sommes pas tous égaux ?

— Plus ou moins, répondit le commissaire après une hésitation.

— Qu'entendez-vous par plus ou moins ?

De nouveau, Giffard chercha ses mots.

— L'égalité est subjective.

— J'ai du mal à vous suivre.

— Tenez, un exemple : quand le riche se fait installer une baignoire de thalassothérapie, le pauvre pète dans son bain. Les deux profitent des bulles qui leur remontent le long de la colonne vertébrale. Sont-ils égaux ?

Là, Giffard venait de nous clouer le bec ! Nous étions pliés de rire.

— Belle pirouette commissaire ! Je n'ai pas eu de réponse, mais vous vous en êtes bien sorti.

*

Quelques cauchemars avaient eu raison de mes tentatives de sommeil. Dès le lendemain matin, je décidai de me dégourdir les jambes après une nuit encore agitée et de filer au kiosque à journaux. Mon attention fut attirée par la une du journal « La Repubblica » ainsi que celui de « La Nazione ». Ma curiosité étant plus forte que mon porte-monnaie, je ne pus m'empêcher de les déplier pour prendre connaissance de leur contenu. Le premier relatait une tentative d'attentat, alors que le deuxième délirait sur les rumeurs de démission de notre bien-aimé Pape.

Italie : un attentat contre le Vatican
déjoué
Par Angelo Fanucchi pour La Repubblica

Le parquet de Rome a annoncé ce lundi
l'arrestation de six personnes, quatre
Italiens et deux de nationalité
québécoise, soupçonnées d'avoir organisé
des attentats terroristes sur le sol
italien. Les suspects projetaient en
particulier de commettre une attaque à
Rome, contre le Vatican.

Les interpellations ont visé des
individus vraisemblablement déguisés en
moines trappistes qui vivaient dans la
région de Toscane. Fanatisés par un homme
qui aurait péri dans l'incendie d'une
abbaye désaffectée, ils comptaient partir
ensuite en Syrie pour combattre dans les
rangs de l'État islamique.

D'après le procureur de Rome, qui s'est
exprimé lors d'une conférence de presse,
ces individus tenaient des propos
incompréhensibles, surtout deux d'entre
eux.

L'attentat a été déjoué avec l'aide des
services français et de trois touristes
de la même nationalité, a expliqué le
commissaire chargé de l'enquête à notre
envoyé spécial. Il n'a pas souhaité
révéler leur identité.

Les présumés terroristes voulaient s'en
prendre à Rome, « lieu hautement

symbolique de la chrétienté », et avaient pour objectif « d'agir le jour de Pâques d'une façon spectaculaire en faisant sauter une camionnette sur la place Saint-Pierre de Rome ». Ils ont été incarcérés dans la prison de Sollicciano, à Florence.
Angelo Fanucchi

Rumeurs de démission au Vatican
Par Donatella Doralice, envoyée spéciale pour La Nazione

D'étranges bruits circulent dans le « popolino » romain à l'occasion de la tentative d'attentat visant le Vatican. La démission du souverain Pontife serait imminente. À l'inverse de ses prédécesseurs, le vicaire du Christ aurait fait preuve d'une autorité dépassant les fondements mêmes de son ministère. On lui reprocherait la suppression des « évêques de rue », nommés dans les villes de Bologne et Palerme. D'autres scandales lui seraient aussi imputés comme l'abandon des poursuites et des enquêtes sur les soupçons de pédophilie dont des membres éminents étaient accusés. Enfin les esclandres étouffés sur le pouvoir financier exorbitant de l'IOR, la banque du Saint-Siège, alimentent les rumeurs et commentaires des médias.
Attaquée de front, la partie conservatrice de l'Église balaie d'un

revers de main toute idée de complot dont le souverain pontife aurait été l'instigateur. Au contraire, la Curie défend ses prises de position en politique internationale et sa popularité. Sa démission à l'occasion de son anniversaire serait justifiée par son état de santé causé par son implication sans relâche et sans faille.
Donatella Doralice

Un joyau de l'architecture ravagé par les flammes
Par notre correspondant local Flavio Mancini pour Corriere dell'Umbria

Le monastère San Francesco Frogollini, fleuron de l'art médiéval, a été en partie détruit à la suite d'un incendie. Une perte inestimable pour le patrimoine toscan.
Nous apprenions samedi que l'abbatiale Frogollini avait subi d'importants dégâts après qu'un incendie se soit déclaré en soirée, dans la partie la plus ancienne du monastère. Les premières investigations révéleraient que le feu se serait propagé rapidement rendant impuissante l'intervention des secours devant l'ampleur du sinistre. Le sindaco ému, est venu sur place, accompagné des forces de l'ordre.
La piste criminelle a été écartée. En effet, la partie touchée, en cours de restauration, subissait d'importants

travaux de réfection du circuit électrique selon le Père Gardien.

Interrogé, le sindaco nous a confirmé que l'ensemble des personnes présentes, visiteurs, touristes résidents et membres de la communauté religieuse avaient pu être évacués à temps.

Une enquête a été néanmoins ouverte après la découverte d'un corps dans les décombres en fin de soirée. L'identité de la victime n'a pas été révélée pour ne pas perturber les investigations des carabiniers.

« Les travaux prendront des mois, la charpente sera refaite, un budget exceptionnel sera voté pour entreprendre les premières obligations de préservation. Nous en appelons à la générosité de l'Église et de ses fidèles », nous a-t-il précisé. Gageons qu'il sera entendu et son message porté jusqu'aux fenêtres vaticanes.
Flavio Mancini

Enfin, les tirages les plus faibles parmi les quotidiens locaux faisaient état d'une mort accidentelle d'un jeune moine ayant servi Dieu jusqu'au bout de son ministère. Le petit village de Toscane, sindaco en tête, avait usé de toutes ses relations pour que leur soit restitué l'enfant du pays. Heureusement pour nous, aucun des journalistes n'avait cité nos noms de famille. Devant le regard insistant du détaillant, je me résignai à lâcher quelques euros sur son comptoir. Avant de rejoindre ma Jolie-Julie, j'avais voulu tenir ma promesse et accompagner le corps de frère Francisco à sa dernière demeure. J'étais passé chez ses parents leur manifester toute ma sympathie et redonner à son père les lettres confiées.

*

David avait tenu à raccompagner le commissaire à Paris. Giffard avait souhaité aller au bout de son enquête malgré les injonctions d'abandon de sa hiérarchie. Il allait payer cher son entêtement et David n'avait pas voulu le laisser ainsi, seul à Paris. À croire qu'ils étaient devenus les meilleurs amis du monde ! Le commissaire avait retrouvé dès le lendemain son nouveau bureau et ses placards aux 36, rue du Bastion. Neuf mois, dont cinq d'enquête intensive pour faire avorter un monstre naissant, une gestation bien douloureuse pour étouffer le microbe avant son premier cri. Mais c'était terminé pour lui, la décision venait du plus haut niveau de l'État, charge au nouveau président d'en assumer la suite à donner. Devant ses cartons béants, il empilait un à un les dossiers qu'il avait constitués lors de cette enquête. L'affaire était officiellement bouclée, mais il n'était pas certain qu'elle ne resurgirait pas dans un futur proche. Malgré les réductions budgétaires, il avait raflé les ramettes de papier des services voisins. Les feuilles s'empilaient à côté de l'imprimante et son rapport prenait forme. Il était convoqué le jour même pour rendre des comptes à sa hiérarchie. Le corps de Miller n'avait pas été retrouvé dans les décombres incendiés de l'aile du monastère. Il était de plus en plus persuadé qu'il avait simulé son suicide. Ces explications peu convaincantes lui avaient valu un blâme et une mise à pied. Son départ en retraite fut précipité pour ménager la susceptibilité du syndicat de la police nationale et du ministère de l'Intérieur, mais avant tout pour préserver les relations franco-américaines.

*

Les rues de Rome étaient toujours aussi animées malgré l'heure tardive. Les voitures se faufilaient là où aucun cyclomoteur n'aurait imaginé s'insérer. Dans un concert improvisé de klaxons, chacun se grillait la priorité, sourire aux lèvres. Les éclairages féeriques des monuments commençaient à chasser la chaleur de la journée et ses embouteillages quotidiens. La ville reprenait possession de son histoire et les restaurants installaient leur terrasse et peaufinaient leurs cartes alléchantes. Julie n'avait pas encore récupéré. Il faut dire que notre séjour ne nous avait pas ménagés. Je devais lui redonner le sourire, or notre balade en calèche ne semblait pas redonner vie à ses yeux si bleus.

Dès le lendemain, nous reprîmes la route à destination de Venise. Le charme vénitien commençait à dessiner un tout autre décor. Une multitude de chemins se cachaient dans la nature verdoyante, protégeant de fabuleuses villas. Des fleuves paisibles en passant par des villages chargés d'histoire, tout sur notre route était source d'enchantement. Julie était excitée, presque paralysée tant elle était surprise et heureuse que je tienne mon engagement. Après quelques heures de voiture, nous arrivâmes dans la lagune de Venise. J'étais fébrile à l'idée de m'acquitter de ma promesse et de lui faire découvrir cet écrin aux inestimables richesses. La Sérénissime, caressée par les eaux calmes de la mer Adriatique, s'offrait à nos yeux émerveillés. Nous avions hâte d'emprunter ses canaux parcourus par les gondoles, d'enjamber ses ponts typiques, de découvrir ses monuments, ses places, ses ruelles étroites et de contempler l'eau qui s'écoulait silencieusement à ses pieds. L'Italie, berceau d'histoire, d'art, de culture et de traditions nous avait donné des sueurs froides. Un tour de bateau sur la Brenta et entre les îles de la lagune tentait de nous faire oublier ce que nous avions enduré, mais aussi ce que nous avions vaincu. Nous ne ressortions pas indemnes de cette aventure, mais ni Julie ni moi ne souhaitions en parler. J'espérais que la frivolité des boutiques ainsi que les bacari, typiques bistrots vénitiens, accrocheraient un sourire aux lèvres de ma compagne. Elle préféra une promenade parmi les ruelles étroites de Venise et la quiétude des quartiers des anciens bourgs maritimes. Malgré tout cela, l'élégance et le romantisme de Venise, avec ses imposantes villas et maisons patriciennes ne furent pas de taille à lutter contre le cafard de ma bien-aimée. Nous décidâmes de rentrer pour nous reposer.

Alors que nous étions installés à l'hôtel « Commedia dell'arte », un majordome frappa à notre porte, nous apportant le journal du soir, sans oublier la bouteille de champagne commandée quelques minutes auparavant. En première page, un article expliquait une nouvelle fois que la santé de notre bien-aimé Pape ne lui permettait plus de remplir son ministère. Désintéressé, je balançai la feuille de chou sur le sofa car ce soir, un programme bien plus important à mes yeux nous attendait. À cette heure, une gondole en bois devait patienter au pied de ce palace au charme vénitien pour nous emmener vers une destination que j'avais gardée secrète. Loin de l'agitation touristique de la ville, j'espérais que ce moment redonnerait à Julie son sourire si réconfortant. J'avais demandé au gondolier le grand jeu. L'embarcation était recouverte de pétales de roses rouges et une bougie enfermée dans un photophore ornait sa proue.

Les eaux calmes des canaux contrastaient avec la vague de folie que nous avions vécue. Nous avions le sentiment de remonter le temps en nous délectant de l'atmosphère inimitable et de la majesté de cette ville enchanteresse. Alors que nous glissions en toute quiétude entre les palais vénitiens ternis par les siècles, je remis au gondolier une minuscule boîte emballée dans un billet violet ferme et craquant avec un gros chiffre dessus.

L'église Santa Maria dei Miracoli se cachait entre le pont des Miracles et celui de Maria Nova. Pour échanger nos vœux éternels, j'avais choisi cette église de petite taille, mais aux proportions parfaites, tant par son nom que par sa situation reculée.

À l'insu de Julie, le gondolier glissa dans sa coupe de champagne l'alliance contenue dans l'écrin. Il laissait le courant nous bercer sur le Rio dei Miracoli et passait lentement sous les ponts, comme pour demander aux étoiles d'être les témoins de ce moment d'intimité.

> — Bois doucement, mon amour, lui dis-je un peu inquiet.

Le bleu de ses yeux retrouva le pétillant que je lui connaissais. Une larme coula délicatement sur sa joue, mais celle-ci était de bonheur.

> — Moi aussi, j'ai une surprise pour toi, Richard.

Blottie contre mon épaule, elle prit ma main et la posa sur son ventre.

Ce que femme veut, Dieu le veut. Heureusement pour nous, son représentant sur terre était un homme.

FIN…

— Commandant Miller, voici vos billets. Un petit avion vous attend près d'ici et vous emmènera vers l'aéroport international Galileo-Galilei de Pise. Ensuite, vous aurez une liaison vers l'aéroport Léonard-de-Vinci de Rome Fiumicino. Vous volerez de nuit à destination de l'Argentine. Sur place, à l'aéroport d'Ezeiza, un membre de l'Œuvre[1] vous prendra en charge. Si l'opération Ezéchiel a échoué, le projet « Faisceau bleu » continue. Béni soit notre Seigneur !

— Merci, frère. Soyez béni vous aussi !

---

[1] Nom donné à l'Opus Dei Appelée aussi Œuvre de Dieu. Cette institution de l'Église catholique romaine a fait l'objet de controverses, notamment en ce qui concerne son aspect secret et son influence politico-financière.

Remerciements

Ce livre n'aurait pu être réalisé sans le précieux soutien de nombreuses personnes auxquelles j'exprime ici ma sincère gratitude.

Je remercie d'abord ma muse, celle qui fut à l'origine de sa publication, Corinne, pour sa relecture et son appui indéfectible tout au long de son écriture.

Merci à Céline et Pierre-Jean pour l'animation quotidienne de leur groupe Facebook « Accros aux livres » ainsi que pour leur relecture attentive.

Merci à Evelyne Eymard pour ses corrections soignées, précises et précieuses.

Merci à tous ceux qui ont lu mon premier livre « Un curieux voyage » et pour l'ensemble de leurs commentaires encourageants. Je leur dois ma motivation.

Merci à Louise Marion, artiste peintre québécoise pour son travail. Ses œuvres m'ont accompagné et inspiré, notamment ses tableaux sur la Provence et la Toscane. J'adore sa façon de colorer les paysages avec ses tonalités vives. J'y vois un optimisme communicatif.

Merci à Wikipédia, organisation à but non lucratif, et à sa communauté de bénévoles pour le travail qu'ils réalisent. Je vous invite à faire un don sur le site du même nom pour soutenir ce fabuleux projet et ainsi préserver leur indépendance.

S'ajoutent à cette liste non exhaustive Messieurs Jean Pace et Desmeyeurs et Jean Noubly.

Retrouvez-moi sur Facebook : Dominique Bautz Nouvelliste
Et sur mon site : dominiquebautz.info

Références

Les personnages et les situations de ce récit étant purement fictifs, toute ressemblance avec des personnes ou des situations existantes ou ayant existé ne saurait être que fortuite. Cependant…

Le projet Blue Beam est une théorie du complot qui décrit un concept géopolitique parfois appelé par son acronyme NOM (nouvel ordre mondial ou NWO en anglais). Cette théorie vise à désigner l'alignement idéologique et politique des gouvernements et organismes mondiaux vers une certaine unipolarité, incarnée par les États-Unis. L'objectif serait de consolider, par les élites dirigeantes, une gouvernance mondiale notamment en matière financière, environnementale ou d'exploitation des ressources de la planète. L'usage de la désinformation serait alors un moyen utilisable pour arriver à sa mise en place.

Le personnage de John Collins dans mon récit est purement fictif. Je me suis inspiré de la vie professionnelle de Serge Monast, écrivain canadien qui fonda l'Agence Internationale de Presse libre (AIPL) où il publia la plupart de ses enquêtes.

S. Monast se consacra, au début des années 90, à la rédaction d'ouvrages complotistes sur le thème du Nouvel Ordre Mondial et de conspirations ourdies par des sociétés secrètes, en particulier par les Illuminati. Décédé à la suite d'une crise cardiaque en 1996, sa mort fut jugée comme suspecte par les conspirationnistes. Ces derniers entretiennent et défendent la thèse d'un assassinat en raison de ses enquêtes sur des sujets confidentiels et des informations compromettantes qu'il aurait reçues.

La description de l'environnement monacal est issue de l'étude du livre intitulé « Règles des moines » aux éditions du Seuil ISBN 2.02.006095.7 Jean-Pie Lapierre.

Concernant les scènes qui se déroulent dans l'univers du Vatican, j'ai fondé mon histoire sur les articles parus dans les journaux locaux, dont LA REPUBLICA. Ce dernier titrait à sa Une la démission probable du Pape Benoit XVI mettant en avant les scandales internes et le fonctionnement occulte du Saint-Siège. Sujet très largement commenté par les médias.

Dominique Bautz